あの日を刻むマイク

ラジオと歩んだ九十年

目次

あの日を刻むマイク　ラジオと歩んだ九十年

初めに

平成二十九年（二〇一七年）、九十二歳の夏、私は熱中症のため四日ほど自分のベッドで天井ばかり眺めていた。点滴の針を刺した腕が痛み、体は消耗しているのに何故か頭だけはスッキリしている。長い時間そうしていると、過ぎてきた私の九十年が浮かんできた。

昭和初期には、自由で豊かな子供時代があったが、昭和六年満州事変、昭和十二年には盧《ろ》溝橋《こうきょう》事件があり、昭和十六年には太平洋戦争に遭遇する。そして専門学校卒業後、NHK（日本放送協会）のアナウンサーになり終戦を迎える。戦後は、GHQのCIE（民間情報教育局）指導のもと、ラジオ番組「婦人の時間」の司会をつとめ、結婚後も子育てをしながら働いた。それからディレクターに転身、五十七歳の誕生日の前日までNHKで働き、現在は地元の浦和で朗読の指導をしている。

私が育った男性中心の社会、戦争前後の惨めな生活は、平和で満ち足りた現代に生きる若い方たちには、想像も出来ないことだろう。振り返ってみて、これまでのことを書き残

しておかなければならないと考えた。

私は、放送の仕事の中で、素晴らしい人たちに出会い、大切なことを学んだ。学校や本などでは学ぶことの出来ない貴重な経験ばかりだ。それを伝えなくてはならない。

また、のびのびと育てられた子供時代のことも、記録しておきたい。現在の知識偏重の教育との違いを考えてほしいと思うから。

私にとっては、ついこの間のような時代の話なのに、今とは全く違った環境があり、今では考えられない日々があった。それらのことを書き残そうと考え、記録した、私の九十年である。

一、自由でのびやかな子供の頃

曾祖父は武州《ぶしゅう》忍藩《おしはん》の武士で俳人

私は大正十四年（一九二五年）四月四日、埼玉県の小さな町、羽生《はにゅう》に生まれた。次の年の十二月二十五日が昭和改元という、大正も終わりの頃で、三月二十二日にはラジオの放送が始まった年でもあった。

羽生は、埼玉県の北部、群馬県との境、利根川にほど近いところで、昔は羽生城という平城《ひらじろ》があったのだが、私の生まれた頃は城跡だけだった。町なかにはゴム工場や足袋工場などがあり、周りは農村地帯という静かな町だった。

私の家の本家「小島《こじま》商店」は、「勤王足袋」という銘柄の足袋の製造と販売、それに「青縞《あおじま》木綿」という藍の布地の取り次ぎ業をしていて、町の中央に店、住まい、工場、倉

庫、物置などが建てられ、大勢の人が出入りしていた。

店は間口が六間（約十一メートル）ばかり、古い格子戸がはまっていて、開けると真ん中が土間、右手が事務机の並ぶ事務所。左は一段高い畳敷きで、周りに棚があり、そこに青縞木綿の布地が積んであった。そばへ寄ると、染料の藍の酸っぱくてひなたくさい匂いがした。土間のつきあたりは帳場で、番頭が鉛筆を耳に、大きなソロバンをはじいて、大福帳のような和綴《わと》じの帳面に何か書きこんでいる。後ろの壁には手回し電話機があり、店の人が受話器を耳に当て、ハンドルをぐるぐる回して大声で話しかけていた。

店の奥は住居で、茶の間、中の間、奥の間などが総二階で続く。北側には土蔵があり、大事な掛け軸、書物、刀などが保管されていた。備前長船《びぜんおさふね》の名刀もあったと聞いている。奥の間と離れ家に面したところには、苔《こけ》の生えた石灯籠や飛び石、植木などがあった。昔は真ん中に池があって、小さな石橋が架かっていたが、子供が落ちると危ないというので埋めたと、母から聞いた。庭の出入口の木戸を開けると、一日じゅう水の湧いている吹き井戸があり、その先には大きな倉庫が二棟、もっと先へ行ったところが足袋工場だった。

茶の間には、白い髭《ひげ》をたくわえた武骨な老人の画がかかっていた。

「これが、お前たちのひいおじいさんでね、*小嶋鐵之助智臣《てつのすけともおみ》という名前の勤王の武士だったんだよ」そんな風におばあちゃんから聞かされていたが、この曾祖父は、埼玉忍藩の槍

鉄砲指南番で、後に楓處《ふうしょ》という号の俳人になった人である。

散る花を敷寝の床や都鳥（墨水〈隅田川〉にて）

名月や坂東一の川あかり（利根川に臨みて）

みじか夜や夢の浮橋幾渡り（辞世の句）

このような俳句が多数残っている。

曾祖父の弟は＊永井《ながい》蠖伸斎《かくしんさい》といって、榎本《えのもと》艦隊として北航、五稜郭《ごりょうかく》の戦いの時、土方歳《ひじかたとし》三《ぞう》らと共に死んだ武士で、「朱鞘《しゅざや》の大将」と呼ばれたという。「兄は勤王、弟は佐幕」と小説にでもなるような兄弟だったが、明治初期は佐幕である弟のことをおおっぴらに出来ず、手紙なども茶筒に隠してあったと聞く。

この兄弟の伝記は、叔父の小島慶三《けいぞう》が、『北武戊辰《ほくぶぼしん》　小嶋楓處・永井蠖伸斎傳』に、丁《てい》寧《ねい》に記録している。

＊鐵之助は文政十一年（一八二八年）生まれ、明治三十七年（一九〇四年）に没した。蠖伸斎は天保十年（一八三九年）生まれ、明治二年（一八六九年）矢不来《やふらい》の戦いで死に、墓は北海道北斗市の光明寺にある。

「小島商店」の当主は、鐵之助の息子の完吉《かんきち》で、私のおじいちゃん。そしておばあちゃん、つねが、店のおかみさんだ。おばあちゃんはよく働き、誰にでも笑顔を絶やさない。「おかみさん！」と声をかけられると、「あいよ！」と、きさくに返事をして動きまわり、みんなの尊敬の的だった。

その頃、本家の跡継ぎの長男、母の弟の英一《えいいち》は、まだ東京で修業中、家にいたのは妹の和子《かずこ》おばさんと一番下の中学生（今の高校生）の弟、慶三おじさんで、二人は離れ家にいた。私の家は分家で、完吉の長女の千代《ちよ》と、婿養子の市郎次《いちろうじ》が両親だ。小学校の教師をしていた父は望まれて養子になったが、義母のおばあちゃんは、「市郎次や、市郎次や」と言って父を可愛がり、頼りにしていたという。父も実の母を早くに亡くしたことから、義母を本当の母のように慕っていた。そして、私より三つ年上の兄、良一《りょういち》、私、そして四年後に生まれた弟の郁男《いくお》、この五人家族が別棟に暮らしていた。

「小島商店」は、この本家、分家の家族のほか、住みこみの小僧さんが五、六人、お手伝いさんが三人に、飯炊きのばあや、下働きのじいやなど、常時、二十人という大所帯だった。

朝、まだ暗いうちに、飯炊きのばあやは下流《したなが》しと呼ばれる別棟の御勝手で、大きな竈《かまど》に

薪をくべ、飯炊きを始める。お手伝いさんたちも、朝ごはんの用意だ。小僧さんたちは廊下の雑巾がけをしたり、店の表を掃いたり、水を撒《ま》いたり、客を迎える準備をする。二十人の人たちの食事が出来ると、みんな、それぞれの場所につく。おじいちゃんを中心とする小島一族は中の間で、働き手のみんなは御勝手の板の間でいっせいに食事だ。広い板の間に並んだ高足《たかあし》の御膳、そこには炊き立てのご飯が盛られた椀と味噌汁と一品、粗末な食事だが、あたたかな空気と、活気が漲《みなぎ》っていた。

暫《しばら》くすると、店の横手にある大きな門が開けられ、奥の工場へ行く人々が、ぽつぽつ母屋の前を通り始める。やがて工場のモーターが勢いよく唸《うな》りをあげると、「小島商店」はその日の操業を開始した。

私が生まれたのは四月四日だが、戸籍簿には、四月一日生まれとして届けられている。実は、小学校へあがるのは、「その年の四月二日から次の年の四月一日まで」に満七歳となる子なのだ。だから、四月四日として届けると次の年度に回され、私が学校へ行くのが一年後になる。それで四月一日として届けたのだった。

私は小さい時、どうして誕生日が二つあるのか判らなかった。「四月一日と、四月四日と、どっちがホントの誕生日?」

母は答える。「ホントに生まれたのが四月四日でね。戸籍上のホントが四月一日なんだよ」

「でも、四月一日は、エイプリル・フールだから、嘘の誕生日だよね。だって、慶ちゃん(母の弟の慶三)が言ってたもん、嘘をついてもいい日なんだって」

「嘘じゃないよ。ホントの誕生日!」

現在は医療機関で出産することが多いから、誕生日を繰り上げて届けるなど不可能だけれど、昔は自宅でお産婆さんが取り上げるのが普通で出生証明書などなかったから、こんなことが当たり前のように行われていた。私は早く学校へ行けたと喜んでいたが、そのことが人生に大きな影響を齎《もたら》すなど考えてもみなかった。


ここに、一枚の写真がある。何年か前に、蔵にガラスの原板が残っていたとひいおばあさんの家の儘田《ままだ》家から送られてきたもので、私が五、六歳頃の写真だ。昔は写真というと、お祝いや記念日などに写真屋を呼んで撮ったから、正装で硬い表情をしたものばかりだ。顔などは、ほとんど修整されている。しかし、この写真は、早稲田大学の学生だった儘田の幸四郎《こうしろう》おじさんが普段着の私を撮ったらしく、自然な表情だ。季節は夏のようで、襟もとに臙脂《えんじ》色と思われる縁取りのついた簡単服(ワンピース)を着ている。私は横座りをし

昭和５年頃の著者

てシュミーズもはみ出たまま、後ろには、掛け軸の文字が見えるので床の間に違いない。どこの家なのかは思い出せないが、畳も擦り切れている。

小学生の頃は、学校から帰ると、肩掛けカバンを放り出し、好きなことをして遊んだ。もちろん、塾などはないし「勉強しなさい」なんて誰からも言われなかった。女の子は、おはじき、お手玉、折り紙、毬《まり》つきなどをして遊ぶ。

一番はじめが一の宮　二、また日光、東照宮　三、また佐倉の宗五郎
四、では信濃の善光寺　五つ、出雲の大やしろ　六つ、村々鎮守様
七つ、成田の不動様　八つ、八幡の八幡宮　九つ、高野の弘法様
十で、東京、明治神宮

男の子は外遊びだ。神社の境内や、新堀《しんぼり》と呼ばれる川のほとり、草ぼうぼうの路地、草原は、探検にはうってつけの場所だし、小さな魚の泳ぐ川も、草やぶも子供にとっては宝島だ。路地には餓鬼大将を親玉に、鼻たれ小僧、泣き虫小僧がいて、悪戯《いたずら》画策に頭をひねっている。町なかは商店が建てこんでいるが、町はずれはほとんどが田圃《たんぼ》や畑だ。春になると、れんげやたんぽぽの花が咲き乱れ、みんな走りまわった。

町から半道（約二キロメートル）ばかり行ったところに、利根川がある。海のない町にとって、ここは一番大きな水の眺めだ。和子おばさんを先頭に、兄と弟も連れだって行く。四人の足で三十分も歩くと、利根川の土手に到達だ。「進め！」「突貫だあ！」「わあい！」歓声を上げながら土手を登ると、利根川の大きな眺めが開ける。川幅いっぱいに溢れ流れる怒濤《どとう》のような水だ。「うわあい！」両手をあげ、川の空気を胸いっぱいに吸いこむ。どうどうと音を立てて流れる水の勢いは物凄《ものすご》く、見ていると引き込まれそうになる。和子おばさんが言う。「利根川はね、日本一の川なんよ。坂東太郎といってね、一番大きいの。二番目は筑紫次郎といって筑後川、三番目が四国三郎といって、吉野川。とにかく、利根川は、日本で一番大きい川なんよ」「へーえ」みんな感心して聞く。

ここには、春先、土筆《つくし》や蓬《よもぎ》、ぺんぺん草などが生え、舟を作ったり、「継いだとこ、どーこだ？」と、あてっこ遊びをしたりする。

鉄橋に東武電車がくる音がすると、みんな一斉に走っていって、土手にねころび、電車の振動を感じようとする。「ガタン、ガタン、ガターン、ガタアーン、ガタターン、ガタタアーン」

轟音《ごうおん》が土手を通して耳に伝わる。吹き付ける風にあおられ、ころがり落ちそうになる。暫くは興奮が収まらなかった。

町の表通りを走るのは、自転車、リヤカー、人力車、荷馬車などで、自動車はまだ数が少なく、時々しか通らなかった。だから自動車が走ってこようものなら、男の子たちはガソリンの匂いを嗅ごうと、歓声を上げて追いかけていった。もちろん追いつけず、みんな埃《ほこり》まみれになって戻ってくる。道路は舗装されていないから、自動車は石ころを跳ね、土埃を巻き上げて通った。

「ギシギシ、ガタガタン！」荷台に積まれたものが触れ合う音と、轍《わだち》の響きがして、荷馬車がやってくる。

「ピシーリ！」風を切るような御者《ぎょしゃ》の鞭《むち》の音と「ブハハハハ！」という馬の鼻息、蒸気のような吐息がして、家の前に荷馬車が止まる。それを見た悪戯小僧が、そうーっと近づいていく。抜き足、差し足、忍び足……。その途端、彼らの頭の上に、お饅頭《まんじゆう》のような馬糞が落ちてくる。避けようとしたところへ、滝のような小便が「バシャパシャッ！」

「うひゃあ！」子供たちはみんな、大袈裟《おおげさ》に逃げていった。

冬になると、「筑波おろし」と呼ばれる冷たい風が吹きすさぶ。筑波山から吹き下ろす、肌に凍《し》みるような風だ。電線が唸り、埃が舞い、子供の手足にあかぎれや霜焼けが出来る。

あちこち血が滲《にじ》んだり、痛んだり。でも、子供たちは気にしない。「おお寒《さむ》。こ寒、山から小僧が飛んできた！」「なーんと言って、飛んできた！」「寒いと言って飛んできた！」ヒビで血の滲んだ手を着物の袖に突っ込み、ドドメ色（赤紫色）になった頬っぺたを一層赤くして、トンビ凧《だこ》のように風にあおられながら駆けていく。女の子は綿入れの着物に別珍《ビロード》の足袋、男の子は小倉（木綿の小倉織）のズボン、素足にゴム靴という格好だ。

「そんな格好で、寒くねえんかい？」

「平気、平気！」

「子供は風の子、大人は火の子、わあいわい！」

「おしくらまんじゅう、おされて泣くな、わっしょい、わっしょい！」

馬乗りをしたり、おしくらまんじゅうをしたり、そのうちに汗ばんで、寒さなど吹き飛んでしまうのだった。

耳をすますと、色々な物音が聞こえる。朝の雀《すずめ》のさえずり、牛乳屋さんが牛乳瓶を運ぶリヤカーの音、雨戸を繰る音、学校の始業の鐘、町の人たちの挨拶の声、せかせかと歩く駒下駄の音、町の路地にある芸者屋さんから聞こえる三味線の音、夕方のお寺の鐘、カラスの声。今はほとんど聞こえない音だ。もしかしたら、どこかでしているのかも知れないが、ほかの音にまぎれて聞こえない。

夜は今と比べたら、真っ暗だ。白熱球の薄黄色い街灯の明かり、その下だけはぼうっと明るいが、少し外れたところは暗い。誰かが潜んでいるような気がする。月の出ない夜など、特に真っ暗で、街灯の下だけ、ぼうっと丸く輪になって照らされている。家の中も暗いところばかり、廊下に出た途端、背筋がひんやりして、得体のしれない魔物が襲ってくるようだ。天井の模様だって、お化けの格好に見える。暗闇には、「宇宙にただひとり」という孤独感と、自然に対する恐れがあった。今はどこも明るくて、暗いところはひとつもない。これでは、昔、私たちが味わったような孤独感や、自然に対する恐れなど、感じることが出来ないのではなかろうか。

ねんねん　ねこのケツ　かにが　はいこんだ
一匹だと　思ったら　二匹　はいこんだ
二匹だと　思ったら　三匹　はいこんだ
三匹だと　思ったら……

ばあやときたら、私をおんぶして、おかしな子守歌を歌いながら、私のお尻をポンポンと叩《たた》く。

私も笑いながら、ばあやの背中に揺られている。このばあやは、夫婦住みこみで働いていた人で、母の弟、慶ちゃんの面倒を見る役目のおばさんだった。

三匹だと　思ったら　四匹　はいこんだ
四匹だと　思ったら……

延々と続くうちに、小さな私は眠くなってやがて寝てしまう。実に幸せな眠りだった。私はこの人が好きで、いつも「ばあや、ばあや」と呼んで、そばを離れなかった。母が病弱で私の面倒を見られなかったせいで、よく代わりに世話をしてくれた。寝るときも愚図っている私に話をしてくれた。「いつまでも寝ねえと、ネロハアが来るよ、おっかねえネロハアが。そうれ、来る、来る！」

ネロハアというのは、恐ろしい人さらいで、寝ないで愚図っている子供をさらっていくのだという。

「やだあ、怖いよう！」

「だから早く寝やっせ。ほれ、ほれ」

……カチカチ。ジャラーンジャラーン。遠くから、夜回りの拍子木と錫杖《しやくじよう》の音が聞こ

えてくる。

「ほうら、ネロハアが来た。寝ねえと連れていかれるかんね」

ばあやは、怖がる私を抱いて、外に向かって大声で言う。

「もう、照子《てるこ》さんは寝ましたあ。だから、どうか、連れていかねえでおくんなさい！　寝ましたから」ばあやは必死で言うのだ。「どうか、連れていかねえでおくんなさい！」

私もばあやの腕にしがみついて、ネロハアから逃れようと懸命になる。

まもなく拍子木と錫杖の音は、「カチッ、カチッ」「ジャラーン、ジャラーン」と近づき、また遠ざかっていく。私はそれから、自然に眠りの中へ入っていくのだ。


ばあやがこんな話をしてくれた。

「照子さんのせいで、あたしゃ、身投げと間違えられちゃってねえ」

ある夏の晩、私を寝かせようと、川のところへ行ったが、私はなかなか寝ない。ぼんやり立っていたところ、お巡りさんが来て言った。「こんなところで何をしているんだ。早く家に戻りなさい」と。「あたしゃあ、身投げと間違えられたんですよ、照子さんのお蔭でね。身投げするといけないから、帰れ、帰れって、ねえ」

ばあやは、目を細めて大声で笑った。

それから暫くして、夫婦で暇《いとま》を取り私の前から消えた。

私が女学校へ入った頃だろうか。冷たい雨のそぼ降る日に、牡丹餅《ぼたもち》を背負って訪ねてきてくれた。雨に濡れ少し腰の曲がった姿が、私には愛しく哀しい気がした。帰り際にこんなことを言った。「照子さん、あたしが死んだら、墓参りに来てくれっかね?」

私は、その時、笑い飛ばしてしまったが、今ではその名前を知る人もなく、墓どころを尋ねることも出来ない。

「四里の道は長かった。その間に青縞の市《いち》の立つ羽生の町があった。田圃にはげんげが咲き豪家の垣《かきね》からは八重桜が散りこぼれた。赤い蹴出《けだし》を出した田舎の姐《ねえ》さんがおりおり通った」

田山花袋《たやまかたい》の小説『田舎教師』の冒頭の文章である。

「青縞の市」は、私が育つ頃には、もう開かれていなかった。「赤い蹴出を出した田舎の姐さん」というところを読むと、れんげと桜と、そして大きな農家のたたずまいと、そこを通る女の人の赤い蹴出し姿が絵のように浮かんでくる。私の家には、近在の農家の人が野菜や牡丹餅などを背負って、よくやってきた。裾をからげて、尻っぱしょり、綺麗な腰巻を見せて、笑顔で……。「へい、こんにちは!」

泥つきの野菜が土間に転がり、見ているこちらの顔にも笑いがこぼれた。

昭和五年、私は、羽生町にある建福寺幼稚園に入った。小説『田舎教師』の主人公のモデルになった小林 秀三《こばやしひでぞう》が下宿したというお寺の境内にあって、小杉放庵《こすぎほうあん》の筆になる「田舎教師の碑」があった。

参道の脇には、大きな船が置かれていて、私たちは、その上に乗って「ギッコン、バッタン」と動かして遊んだ。肩上げをした四つ身（四、五歳から十一、二歳までの子供が着る和服）に、体全体を覆うエプロンのような園服を着て、みんな一緒にお遊戯をした。紫の袴《はかま》をはいた先生が弾く足踏みオルガンの音が流れると、大きな声で歌を歌った。

ぎんぎんぎらぎら　夕日が沈む
ぎんぎんぎらぎら　日が沈む
まっかっかっか　空の雲
みんなのお顔も　まっかっか

紅葉のような小さな手が、ひらひらと大空に舞った。

ひいおばあさんは傑物

おばあちゃんのお母さん、つまりひいおばあさんの家が、十軒ほど離れた同じ町内にあった。おばあちゃんは、その儘田家の長女で、弟はセメントと糸を扱う大きなお店を持っている。私はこの家に、おばあちゃんの言いつけで時々お使いに行った。

「いいかい？　儘田の家へ行ったら、今日は、良一の誕生日で、おこわを蒸《ふ》かしました。不出来ですが、どうぞ召し上がってくださいって……」

「フデキデスガ、ドウゾ、メシアガッテクダサイ」

「そう、それから、おばさんが、家の方によろしくお伝えくださいと言ったら、はい、申し伝えますと言うの。いい？」

「はあい、モウシツタエマス」

口上はいろいろあって、その度に教えられた。

「到来物でお口にあうかどうか判りませんが、お口汚《くちよご》しに」

「ほんの少しですが、おすそわけに」

私は、おばあちゃんに言われたことを忘れないように、口の中で繰り返しながら行く。

「フデキデスガ、ドウゾ、メシアガッテクダサイっと」

儘田の店は、右手が畳敷き、左手が机と椅子の置かれた洋風の事務所になっていた。私が袱紗《ふくさ》のかかった重箱を、大事そうに抱えてお店の前に立つと、番頭さんがすぐに気づいて出てきてくれる。「照子さん、おばあちゃんのお使い、偉いな。さあ、奥へどうぞ」そう言って、真ん中の小さい扉を開け、中へ入れてくれる。

ギイーッバッタン！　後ろで扉が閉まり、土間を歩いていくと、広い板の間に出る。普通なら暗いのだが、天井に明かりとりの窓があって、そこから外の光がさしこんでいる。四角の帯のようなぼうっとした光が板の上に落ちていて、舞台の一隅を見るような不思議な気分になる。

「おや、てっこうかい」奥の部屋にいるひいおばあさんが私を見つけて声をかけた。ひいおばあさんは、私のことを、「てるこ」と言えずに、「てっこう」と呼ぶのだ。

「ほれ、きんさん。てっこうのところへ行ってやりな」

「はいはい、只今」手前の部屋にいた、きんおばさんは、急いで私のところへ出てきた。おばさんは、この家のあるじ勝次郎《かつじろう》のお嫁さんで、母の叔母にあたる。束髪がよく似合う品のいい人だ。私はおばあちゃんに教えられた口上を述べる。

「今日は、良一の誕生日で、おこわを蒸かしました。不出来ですが、どうぞ召し上がって

ください」

「それはそれは、ご丁寧に恐れ入ります。では、頂戴いたします」

おばさんは、おこわを別の器に移し替えるよう家の者に指図してから、また私に向き直って、丁寧に言った。

「本日は誠にありがとうございました。どうぞ、おばあちゃんによろしくお伝えください」

「はい、申し伝えます」私はそう言って、大役は終わりになる。

おばさんは普段の優しい笑顔に戻ると、「まあま、照子さん、お使いがちゃんと出来て、偉かったこと。さあ、あがって、ひいおばあさんのところへ行って頂戴。美味《おい》しいお菓子がありますよ」

ひいおばあさんも、「これこれ、てっこうや。こっちへあがってきな」と私を呼ぶ。

ひいおばあさんは、しわくちゃな顔だから、優しく見えない。それに「てっこう」と呼ばれるのが嫌で仕方がない。「てるこ」と言われないと、熊公、ハチ公みたいに聞こえる。

ひいおばあさんは、そんな私の思いなどどこ吹く風といった感じでにこりともしない。

「千代は元気かい?」と、母のことを聞く。「うん、大丈夫」と言うと「その、うん、って返事は駄目だ。はい、って言わなきゃ」と、うるさい。私は仕方なく「はい」と言った。

それからお菓子をいただいた後、ひいおばあさんは言った。「そうだ。今日は、ひいおば

あさんがご馳走をするから、昼飯を呼ばれていきな。あん？」

ご馳走と聞いて私はちょっと笑顔になる。「はい」といい返事をして、ひいおばあさんのご馳走をお呼ばれすることになった。

ところが、出てきたのは麦飯と生卵だ。ひいおばあさんは言うのだ。「どうだい、このご馳走は？　うん？　この卵はうちの鶏が今朝産んだやつで、おっきくて、滋養がある。それからこの麦飯、こんな上等の麦飯は、ほかじゃ、とても食べられるもんじゃねえ」

私は仕方なく食べたが、卵はいいけれど、麦飯はぽろぽろしてとても美味しいとは言えなかった。ひいおばあさんの家は、五人の息子を全部、東京や京都の大学へ行かせているのだからお金持ちのはずなのに、どうして麦飯なんか食べるのかな、それにこれがご馳走だなんて、と私は不思議でならなかった。

話を聞いたおばあちゃんは言った。「ひいおばあさんはね、若い頃、*武州大一揆という、ひどい騒ぎにあってね、恐ろしい思いをしたんだそうだ。だからひいおばあさんは、麦飯でも食べられるだけ、ありがたいって、今でも麦飯しか食べない。麦飯が一番のご馳走なんだって」

「だけど、麦飯って美味しくなかった、ぽろぽろしてて……」

「その辺がひいおばあさんらしいとこなんだよ。自分が美味しいと思えば、ほかの人もそ

うだと思っている。でも、それがひいおばあさんのいいところじゃないかね。しっかり自分というものを持っていて、絶対それを曲げない」

「そう、傑物なんだね」

「えっ、傑物?」

「慶ちゃんが、そう言ってた。豪傑って言いたいけど、女だから傑物だって」

「そういえば、そうかも知れない。傑物ね」おばあちゃんは楽しそうに笑った。
＊慶応二年(一八六六年)、武州大一揆が秩父《ちちぶ》から起こり、この地域でも打ち壊しや焼き討ちなどの暴動があった。

「さんとめ針」の話

母が、こんな話をした。

「お前が小さい時にね、おばあちゃんが、買い物のお使いをさせたことがあるの。その頃、お前は買い物などしたこともなかったし、お金を扱ったこともなかった。だから、それでは困るだろうと思って、自分だけのお使いをさせたんだね。吉井屋さんへ行って、さんとめを買っておいでって」

「さんとめ」というのは栈留針《さんとめばり》のことで、木綿の布を縫う基本的な針だ。小さい私はその名前が覚えにくかったので、「さんとめかぁ」と小さな声で唱えたらしい。

「お前ときたら、歌みたいに、唱えながら行ったんだ。さんとめかぁ、はんびきか、さんとめかぁ、はんびきか、って」

肩上げをした四つ身のメリンスの着物に、裏が透けるような安手の絞りの三尺帯を後ろで蝶結びにして、足には赤い別珍の足袋をはき、膝頭が見えるくらい足を出して「さんとめかぁ、はんびきか」と、飛び跳ねている私が見える。

「さんとめ」という針は、女学校で「運針」をする時、初めて手にした。今、家庭科の授業で、運針などするだろうか。木綿のような洗いざらしの布を、同じ針目で正確に縫う「運針」。簡単そうなのに目が揃わず、難しかった。ことに「さんとめ」は小さくて持ちにくく、「指貫《ゆびぬ》き」を中指に当てて縫うのだが、うまくいかない。持て余して、私は長い針で縫った。だから、さんとめは短い針だと思っていた。

ところが、平成三年に出版した長編童話『心をつなぐ糸』（金の星社）の解説には初校の段階で、「やや長い木綿針」と記されていた。編集者がつけた注なのだが、私の記憶では短い針なのだ。しかし、手元の『広辞苑』では「木綿用の、普通よりやや長い縫針」となっている。そこで、調べてみることにした。

夫が、「通産省のＪＩＳ規格で聞いてみたらどうだろう」と言うので、通産省に尋ねた。「針についての規格がありますか？」すると「はい」と即答されたので、さんとめについて聞くと、「いや、さんとめは通称で、通称や呼び名についての規格はないんです。通称ですと、まったく判りません」という返事だ。

「実は、子供の本に、注を入れるので、正確なことを知りたいのですが、どこかで調べる方法はないでしょうか？」と聞くと、「さあ、どうですか。判る方がいますかねえ」と、ひと呼吸おいてから、「そう、広島県針工業協同組合というのがあるので、そこでお聞きになったらどうでしょう」との答えだった。

しかし、広島県針工業協同組合でも判る人はいない。でも、このまま引き下がるわけにはいかないので食い下がった。「誰か、判る人をご存じないでしょうか？」すると組合の方は、「もしかしたら」という断りつきで「カワノ製針所」というところがあることを教えてくれた。「そこなら判る人がいるかもしれません……」

私は、最後の望みの電話を「カワノ製針所」にかけた。電話に出られた方は若い女の方で、さんとめについての知識はなかった。でも親切に「私には判りませんが、詳しい者がいるので」と言い、年配らしい男の方が電話に出て明快に答えてくださった。

「さんとめ」は三の一といい、木綿針の一番短いもの。

アタマの三は太さをあらわしていて、短いほうから三の一、三の二、三の三となっていく。アタマに四のつく針は絹針で、三よりも細い針だ。四の一、四の二、四の三と、だんだん長くなっていく。

こうして、さんとめは木綿針の一番短いものと判った。記憶は正しかった。私は目の前の霧が晴れたような嬉しい気分でお礼を言った。

「『広辞苑』の語釈が間違いだと思って調べましたが、通産省でも判らず困っていました。あなたに教えていただいてよく判りました。ありがとうございました」するとその方は言われた。「そうでしたか。でも、もう判る方がいないかもしれませんねえ」と。

針の名前はいろいろある。木綿襟しめ、つむぎ襟しめ、絹縫い、大くけ、中くけ、さんとめ、小ちゃぼ、中ちゃぼ、そして、針を刺しておく針坊主。みんな懐かしい名前だ。家にあった針坊主は、芯に髪の毛などを入れ、メリンスの端切れなどで包んだものだった。茶の間の針坊主の板に膝をついて櫛で髪をしごきながら縫いものをしている祖母の姿を思い浮かべる。まわりにはいろんな端切れがあって、それがお手玉や巾着などに縫い上げられた。でも今、そんな縫い針は見ない。普段の生活のなかから消えてしまっている。

私はそれから、広辞苑編集部に「さんとめ」について調べたことを連絡した。折り返し丁寧なはがきが送られてきて、改版の時に考慮したいと書かれてあった。

そして改版の『広辞苑』第五版では、きちんと訂正されていた。念のため、「サン－トメ」についての『広辞苑』の語釈を記すと、サン－トメとは、「[聖トマス（ポルトガル語名サン－トメ）が布教に来たとの伝説に基づく]木綿の産地であるインドのコロマンデル地方の異称」とあり、その後に、桟留針は、「木綿用の、普通より短い縫針」とあった。

大正時代に活躍した口演童話家

私が生まれた大正十四年に日本でラジオ放送が始まったので、ラジオと私は同い年だ。三月二十二日に試験放送として産声をあげたラジオは、その年の七月十二日、東京愛宕山《あたごやま》の本局から本放送を始めた。子供向けのものとしては、午後の「子供の時間」に、口演童話家の久留島武彦《くるしまたけひこ》が「もらった寿命」という昔話をしている。

「世界で一番古い、古いも古いも、まだだれも、見たことも、聞いたこともない一番始まりのお話をいたしましょう。それはこの世の中に、生き物といっては虫一匹、鳥一羽いなかったころ……」

（草地勉《くさちつとむ》『メルヘンの語部　久留島武彦の世界』より）

……神様はこの世に、動物や人間をつくられ、それぞれに寿命を与えられた。人間は三十年と言われたが、それでは足りないと言って、馬と犬と猿の寿命を貰い、七十年となった。だから三十年以後は、馬、犬、猿のように苦労して生きなくてはならない、という深い意味を持ったお話だ。終わりは、次のように結んでいる。

「こんな話はだれがしたのか。私も知らない。言った人もわからない。古い古い一等昔のお話だとして、今日まで伝えられているのです」

久留島武彦はこの物語を、自分の言葉にして語っている。言葉がリズミカルに繰り返され、印象深く、聞きやすい。顔が見えるような語り口である。やはり、文章を読むのと語って聞かせるのとは、違うのだ。久留島が口演童話家として、もてはやされたのももっともだと思う。大正末期から昭和の初め、「口演童話の三羽烏《さんばがらす》」として人気を集めたのは、岸辺福雄《きしべふくお》、久留島武彦、巌谷小波《いわやさざなみ》の三人である。

岸辺福雄は、ひとりひとりの子供に寄り添うような優しい語り口だった。「キンダーブック」に載っている海外旅行の話からも、その口調がうかがえる。

コレハ、スコットランド　ノ　オンガクタイ　デ　アリマスョ

キレイナ　オモシロイ　ガクタイ　デ　アリマセウ。バグパイパアト　イヒマスョ

ブ、ブ、ブ
チリ　チリ　チリ
チリ　ブ　ブ
チリ　チリ　プ　プ
チリブ　ブ

（内山憲尚《うちやまけんしょう》編『日本口演童話史』より）

私は岸辺福雄の話を聞いたことがあるが、言葉を楽しみながら、豊かな表情で語っていた。聞いている子供は、どんどんお話の世界に引き込まれていく。年少児にとってこんなに魅力のある話はないと思った。

久留島武彦は、朗々たる声で一語一語メリハリをつけ、ジェスチャーたっぷりに語ったので、長時間でも飽きさせることがなかった。ボーイスカウト運動にも加わり、大正十三年には、デンマークで行われた第二回国際ジャンボリー大会に、派遣団の一員として参加している。

「敢為《かんい》の気象を養成する」（弱きを助け、強きをくじく）をモットーに、団体行動や共同生活を重んじた。話術に優れた久留島だが、作品そのものが大切だと「回字会」という研究会を作り、お話の内容についての研究を怠らなかった。

巌谷小波は、明治二十四年、「少年文学叢書」として『こがね丸』を発表、児童文学作家として活動していたが、京都へ行った時、「お話をしてほしい」と言われ、自然体で話したところ好評で、それ以後、口演童話家としても活躍するようになった。小波は、どんな大きな会場でも大声を出さず、自分の持ち味で語った。それが「小波童話」としてみんなから愛された。自分が書いた作品を語る小波の声音に、みんな聞き入ったに違いない。

現在、日本青少年文化センターで、久留島武彦の業績を記念して「久留島武彦文化賞」を制定し、青少年文化の向上と普及に貢献した個人及び団体に贈呈している。また、巌谷小波の業績を記念して「巌谷小波文芸賞」を制定、その遺志を継承する個人及び団体に贈呈している。

勢家肇《せいけはじめ》の「『語り』の歴史」（『童話の語り発達史』所収）によると、口演童話の研究会は、明治十三年、増上寺《ぞうじようじ》での「少年講」が始まりだという。十七年後に、巌谷小波の「木曜会」が発足、日露戦争後の明治三十九年には久留島武彦がお伽《とぎ》講座を開き、「お伽倶楽部」を結成した。大正十一年には日本童話協会、大正十三年には日本童話連盟が創立されている。

童話研究グループは次々に発会し、ラジオの放送が始まった大正十四年頃は、お話文化、

語り文化の全盛時代であった。絵本や出版物、レコードなども数少なく、ラジオの普及もまだという時代、多くの口演童話家や団体が、子供たちのために地道な活動を行っていた。子供たちは恐らく、みんな目を輝かせて聞いていたに違いない。それらの口演童話家の努力は、形になって残っていないかもしれないが、子供たちの心に、豊かなものを残したはずだ。

「のらくろ」と、ラジオの「コドモの新聞」

黒いからだに　大きな目
陽気に元気に　生き生きと
少年倶楽部の　のらくろは
いつも皆を　笑わせる

これは、昭和六年から雑誌「少年倶楽部」で連載された「のらくろ」の歌だ。軍歌の「勇敢なる水兵」のメロディーで歌うので、すぐ歌えて、漫画のヒットとともに、歌も流行した。物語は、野良犬の黒吉《くろきち》が猛犬連隊という犬の軍隊に入り、二等兵から失敗を繰り

返しながら昇進していく話で、田河水泡《たがわすいほう》の画が可愛いので、私は兄の「少年倶楽部」にとりついて読んだ。

翌昭和七年、ラジオで「コドモの新聞」が始まった。正確に言うと、昭和七年六月、夕方六時の「子供の時間」の中で、六時二十分から子供のためのニュース「コドモの新聞」が放送されるようになった。これも子供たちの心をとらえ大変なヒット番組になった。実はこの昭和七年二月、ラジオの聴取加入数が百万を超えたのである。そのことも力になったのだろう。

小学二年生になる私は、ラジオにかじりつくようにして、読み手のおばさんの声を聞いた。NHKの朝のドラマ「花子とアン」で有名な村岡花子《むらおかはなこ》がおばさんで、おじさんは、放送局職員の関屋五十二《せきやいそじ》だった。

「みなさん、今晩は。コドモの新聞をお伝えします」そんな風に呼びかけるおばさんの声が、今でも私の耳に残っている。少し低いハスキーな声で、さっぱりした口調だった。私はいつも最後の「ご機嫌よう」まで聞いて、「こんな人になりたい」と憧れの念を抱いていた。

取り上げられたニュースは次のようなものだ。（NHKの資料による）

昭和七年十二月

だんだんのびる東京地下鐵道……地面の下にトンネルを掘って、その中を走る鐵道は？　といへば誰でも地下鐵道とお答へになるでせう。上野からだんだんのびて、今度市内京橋までの工事が出来、二十四日午前六時の一番電車から開通しました。

昭和八年二月

國際聯盟脱退といふ問題……皆さんも新聞や、お父さんお兄さん方のお話しなどで御承知のやうにいま日本には、國際聯盟脱退といふ大きな問題が起ってゐます。

六月

食物に困っている農家の子供達……昨年の秋お米の出来がひどく悪かったので、青森県や岩手県の北の方の、山の中の村では、学校へ行く児童たちもひえを袋の中へ入れて、お辨当に持って行きます。ひえはバラバラこぼれやすいので、袋の中へ顔を入れて食べているさうです。皆さんむだづかひやぜいたくな事はいへませんね。

七月

夜の野球場がいよいよ出現……夜でも自由に野球やラグビーなどの運動が出来るやうに、野球場を電燈で明るく照らし出す仕かけが、今度東京の早稲田大学に出来ました。

これらの素材は、地方の放送局や通信社から得たもので、編集は口演童話家の巌谷小波、久留島武彦、安倍季雄《あべすえお》らだった。

昭和七年の「子供の時間」は、午後六時から六時二十五分までの二十五分間。内容は、口演童話、講話、児童劇、音楽などであった。

羽生尋常高等小学校に入学する

私は昭和六年四月、羽生尋常高等小学校に入学した。何故、羽生小学校ではなく、羽生尋常高等小学校なのかというと、その頃は、同じ学校の中に尋常小学校と高等小学校とがあったのだ。

明治十九年に、「小学校令」が公布されたが、その時は尋常小学校が四年、その後に高等小学校が四年だった。明治四十年の改正では、尋常小学校が六年、高等小学校が二年になった。その後、昭和十六年の「国民学校令」により、高等小学校は国民学校高等科となり、昭和二十二年にはこれが新制中学校に改組されて、現在の学校制度に至るのである。

祖母は昔、この高等小学校で学んだという。そのせいか、私の女学校の英語のリーダーを何の抵抗もなく読んだ。祖母の時代、女性で高等小学校へ行く人は少なかったという。

私が小学校に入学する時、ついていってくれたのは母の下の弟、慶三叔父だった。叔父とはいっても、私と十歳も違わない。当時の中学校の最上級生、今で言えば高校二年生ぐらいだろうか。

「おい、テコちゃん。おれはな、ついていっては、やるが、お父さんと違うから、聞かれても何にも判らないぞ。みんなお前、答えろ、いいな!」と言う。私は、「うん、大丈夫、みんな答えるから」そう言って出かけた。ほとんどの人たちが紋付羽織袴姿に威儀を正している中で、臙脂の別珍のワンピースを着こんだ私と学生服の叔父さんの付き添いは、かなり場違いな感じだった。私の洋服はこの日のために、おばあちゃんが東京まで行って買ってきてくれたものだし、革靴だって初めて履いたピッカピカなものだから。

受付の前に立つと、生年月日を聞かれた。慶三おじさんが、「お前、答えろ!」と私の横っ腹をつっつく。

「えーとね、誕生日は、大正十四年四月一日か、四日」

私は戸籍上の誕生日と、実際の誕生日と、二日あることを聞かされていたので、そう答えた。付き添いの中学生叔父さんは困った。

「誕生日が二つあるわけないじゃないか。どっちなんだ?」

「だけど、どっちもほんとなんだって、母ちゃんが言ってたもの」

これには、受付の人も大笑い。

「いやあ、四月四日だったら、来年の入学になるから、四月一日でしょう、きっと」そう言って、梅組の教室へ行くようにと教えてくれた。中学生叔父さんのぼやくこと。「だから言ったろ。何でも、ちゃんと答えろってさ」

それから梅組の教室へ行き、担任の瀬田静江《せたしずえ》先生に会う。髪の毛を真ん中できちんと分け後ろで髷《まげ》に結い、紫の銘仙の着物に紺の袴をはいている。

「セタシズエと申します。こんど、初めてこの梅組を受け持つことになりました」

教師になったばかりだという先生は、緊張しているせいか、ひとこと言うたびに顔が赤くなる。なんとなくおかしくなって、中学生叔父さんを見ると、知らん顔をしている。でも、その後、小さい声で言うのだ。「あれはな、セタ先生じゃなくて、ヘタ先生って言うんだぞ。いいか、判ったか?」って。私は、そのことを思い出す度におかしくて、何度も笑いそうになった。

学校には、奉安殿《ほうあんでん》というものがあった。ここには、天皇皇后両陛下の御真影が納められていて、前を通る時は、最敬礼をすることになっていた。

日頃鍛えし技《わざ》をば、示し
尊き使命を、果たすは今ぞ
紅《くれない》の旗、翻《ひるがえ》るところ
おお、敵なし、羽生健児

こんな歌を思い出す。万国旗の飾られた校庭に、たくさんの羽生の人たちが集まっている。祖母の弟の儘田の大叔父の顔も見える。鍔広《つばひろ》の帽子をかぶった頭が大勢の群衆の上ににょっきり出ているのだ。儘田の大叔父は、一メートル八十センチくらいの大男だったから、どこにいても目についた。赤や白の鉢巻き姿の子供たちの走る様子と笑い声と、人々の拍手歓声、そして「天国と地獄」の軽快な音楽が聞こえてくる。

子供の天国、夏祭りと大洗《おおあらい》の海

一年で一番の楽しみは天王様の夏祭りと、その後の大洗海岸行きだ。七月に入ると、どこからか、太鼓の音が聞こえてくる。「テンツクツ、テケドンドン！」町内の誰かが、祭《まつ》り囃子《ばやし》の稽古を始めた。「ピピ、ピイヒャララ」という笛の音も聞こえる。もうじきお祭

りという知らせの音だ、そう思うと胸が高鳴り、足取りも軽くなる。

祭りの日、表通りは近郷近在から集まった大勢の人でごった返す。まず先触れの太鼓だ。選ばれた男の子が陣笠をかぶり、頬を真っ赤にして太鼓を鳴らす。

「ドーン、ドーン、カッカッカ、ドド、ドーン、カッカッカ！」

その後、町内ごとの神輿《みこし》がくる。揃いの浴衣にねじり鉢巻き、元気な掛け声、「おいさこらさ、あっさおっさ」先導するカシラの拍子木に合わせて「おいさ、カチカチ、こらさ、カチカチ」みんな汗だくで、掛け声をかけながら担いでいる。

町内ごとの神輿が通り過ぎると最後は天王様の神輿の登場だ。これを担ぐのは、カシラの家の選ばれた者だけだから足並みも揃い、「ゆらり、のっし」と流れるように進む。屋根の真ん中には美しい鳳凰《ほうおう》が翼を広げ、そこから赤い紐《ひも》が四方に垂れ下がり、軒面のところでは金の飾りがキラキラ光っている。「綺麗だねえ！」みんなの口からため息が漏れる。

優雅な天王様の神輿が通り過ぎると、町並みは夜店の色に変貌する。露店が道端に出て、屋台が食べ物を並べ、道路の真ん中まで人で溢れる。威勢のいい呼び込みの声、手を打つ音、食べ物の匂い、人々の笑い声で町は沸きかえる。普段ひとりで買い物に行けない私もお祭りの時だけは特別で、兄と一緒なら自由に買い物が出来る。でもたくさんの品物に目移りがして迷うばかり。鼈甲飴《べっこうあめ》、飴細工、ゴム風船のヨーヨー、着色した海ほおずき、針

金で出来た自転車、おもちゃのピストル、それから「のらくろ」や「ベティ・ブープ」の写し絵、かんしゃく玉、ベーゴマ、おはじき、水中花、ゴム人形、ブリキのカエル、金魚など、いっぱいあって、何を買ったらいいか判らない。

おしんこ細工（粳米《うるちまい》で作る菓子）の店に行くと、おじさんが小さな引き出しから材料を出し、それを板の上で捏《こ》ねる。するといろいろな動物が出来る。鋏《はさみ》がチョキンと鳴ったかと思うと、ウサギの耳が出来、小鳥の嘴《くちばし》になったりする。それに色を塗り尻尾をつけると可愛いウサギや小鳥が出来上がる。おじさんはそれに黒蜜をとろりとかけて「はい、おまちどおさま！」と出してくれる。

カルメ焼きの店には炭火のコンロがいくつかあって、自分で焼く。まず、丸い鍋に赤ザラメを入れ、水を加えて火にかける。赤ザラメが溶けて、ぶつぶつ沸騰するタイミングを見計らい、重曹のついた丸い棒でかき回すのだ。そのタイミングを間違うと、どろどろのまんまになる。「何だ、ヘタだなあ！」と兄に笑われながら、ようやくカリッとしたカルメ焼きが出来た時の喜びは大変なものだった。

その夏、疫痢《えきり》という恐ろしい病気が流行《はや》り、町でも何人かの子供が死んだ。その子たちは、不潔なお好み焼きを食べたからだと言われていた。「だから、お好み焼きはどうしても駄目！」と、母からきつく言われていた。「でも、ちょっとぐらいならいいじゃない？」

と聞くと、母は怖い顔で言った。「疫痢になりたかったら、食べなさい！」

そう言われたら、とても食べに行けやしない。疫痢になると、避《ひ》病院というところへ入れられ、家の人も誰もいない上、何も食べられずにギスギスに痩《や》せて死ぬと聞いていた。

「でも、魚屋のヒロちゃんや、和田《わだ》のトヨちゃんなんか、食べていたのに」と思ったが、やっぱり疫痢になるのだけは嫌だ。そう思ってお好み焼きの店は通り過ぎた。

小島の店では、おばあちゃんが忙しそうに働いている。小島商店は神輿や山車《だし》の行列を見るのに一番の場所だ。そこで店の外側を青竹で囲い、俄《にわ》か舞台を作り、町内の娘たちの踊りや長唄、三味線などを披露する。これが評判になった。

小島商店の呼びものの一つは、ドイツ製の動く人形だった。おじいちゃんが買ってきたもので、人間と同じくらい大きい。そして手や口、眉毛《まゆげ》などが電気仕掛けで動く。人形が前の箱から看板を取り出すと、そこに「小島商店は、創業三十年……」と、お店の宣伝が書かれている。人形が看板の言葉を喋っているかのように、口や眉毛などを動かすのだ。見る人は驚いて、「あれ、この人形、動いてる」「何か、喋っているみてぇ」そう言って喜んでいたが、私は何だか気味が悪くて仕方がなかった。人形の尖《とが》った鼻や、上下に動く眉毛などを見ていると、グリム童話に出てくる魔法使いを思い出す。誰もいない時に通ったら、あの口に飲み込まれてしまうかもしれない！　そう思って、人形の前を走って通った。

表通りの家では、縁台にお酒の入った桶《おけ》とひしゃく、ぶっかき氷が置かれて、みんなにふるまわれた。小島商店でも、番頭さん、小僧さん、お手伝いさんが出て、「一杯、飲んでおくんなさい」「どうぞ、お寄りくださいまし」と、通る人に声をかけていた。おばあちゃんも時々出て、知り合いの人などに、にこやかに挨拶したりしていた。

そのうち、提灯《ちょうちん》をまわりじゅうに下げた山車がやってくる。カシラを先頭に、子供たちも加わって、大綱をひいている。「チャンチャン、チャンチキチ、スケテンテン！」「ピ、ピ、ピイヒャララ」太鼓、笛、鉦《かね》などの賑やかな音が広がる。ガラガラと大きな音がして、家の前に止まると、お囃子の音が変わり、ひょっとことおかめの踊りが始まる。

「チャンチキチ、スケテンテン、テンドコドン！」

男と女の踊りなのだが、品の悪い手振りにみんなくすくす笑って見ている。やがて、お面をとったところを見ると、どちらも男の人だ。鹿《か》の子《こ》絞りの赤い襦袢《じゅばん》を着て、派手な着物に桃色のしごきを締めている。その時カシラが、「おうい、みんな、あがってきな！」そう言ってみんなを山車の上に乗せてくれた。上がってみると、狭い中に太鼓や鉦、着物、お面などが置かれたままになっていて、そんな中で、男の人たちは太鼓を叩いたり、踊ったり、喋ったりしている。

祭りは三日三晩続く。見るもの、遊ぶもの、欲しいものがいっぱいで、楽しい時間だっ

た。私は終わってしまうのが惜しくて、一年待つのが辛くて、いつまでも祭りの音を聞いていた。

夏祭りが終わると、すぐ夏休みだ。夏休みには茨城県の大洗へ行く。大洗には私たち一家と働き手などが夏の間過ごせる別荘があった。別荘といっても、部屋が二間でそれに台所とお風呂があるだけの簡単な家だ。そこに私たち一家と働き手のお手伝いさん、小僧さんなどが、夏の間、交替で行く。大洗には一日泳いでも飽きない海があり、貝拾いをしたり、砂遊びをしたり出来る広い砂浜があり、裏山には羽生では見ることの出来ない蟬《せみ》や蜻蛉《とんぼ》がいる。全くの別天地なのだ。なにより素晴らしいのは、誰にも拘束されない自由があること。波の音で目が覚め、勉強なんて強制されない一日があるのだ。

大洗へ行く日は、朝早く起きて、おばあちゃん、和子おばさん、兄、私、弟、それに、お手伝いさんのみつ、小僧さんのしんどん、の七人で出発だ。羽生から東武電車に乗って久喜《くき》で降り、東北線の列車に乗り換える。久喜のホームで待つと、真っ黒な蒸気機関車が物凄い地響きをたててやってきた。プシューッ、ギギーッ、真っ白な蒸気をはいて止まる。この列車で小山《おやま》へ行き、そこでまた乗り換え、水戸線で水戸まで行く。このあたりまで来ると、周りの人たちの言葉が茨城なまりになる。

「どこさ行くのけ？」

「いゃあ、そうだっぺ？」

みんな尻上がりの言葉だ。お手伝いさんのみつなどは、慣れない言葉がおかしいと、くすくす笑う。でも私はこの言葉が懐かしくて嬉しい気がするのだ。大洗が近づいた証拠なのだから。

水戸から大洗海岸まではバスに乗る。ところがこのバスときたら、おんぼろの上に、道がでこぼこ、揺れ方がひどい。ドッテンガッタン、ドッスンドッスン、うっかりしていると荷物ごと放り出される。弟の郁男などは、よそ見をしていて椅子から落ちたくらいだ。それでも、大洗へ行く嬉しさで、お尻をさすりながらにこにこしている。

やがて漁師町に入る。大きく開けた窓から魚や海藻の匂い、潮の香りがとびこんでくる。道を歩いている人の肌も赤銅色だ。

「あ、見えた！」青い海の色が、家々の間からちらりとのぞく。「海、海！」「真っ青！」一年ぶりの海。真夏の太陽に輝くコバルトブルーの海。こんなにきらきら光った青い色なんて、ここでしか見られやしない。波の音も聞こえる。ドドーン、ザザザーッ、ドドーン、ザザザーッ。ほんとに来たんだ、大洗へ。大洗磯前《いそさき》神社の鳥居下という停留所で降りると、「わあーい！」みんな砂浜まで走った。こうして、誰にも束縛されない夏の日が始まるのだ。

朝、波の音で目が覚める。ここは大洗だったのだと飛び起きて、庭のポンプ井戸の水で口を漱《すす》ぎ、波打ち際へ飛んで行く。濡れた砂を踏むと、足がズズと沈む。暫く波と遊ぶ。それから、和子おばさんの監視付きで兄と二人泳ぐ。浮き袋をつけたままの水泳だから、たいしたことはない。そんな格好でバチャバチャ音をたてながら水と戯れる。暫くすると、和子おばさんが呼ぶ。

「テコちゃん、良一くん、もう上がりなさい！」

「はあーい！」

兄と私は水から上がって、砂の上に寝転んで休む。砂の熱いこと、見あげる太陽のまぶしいこと、暫く目をつぶって休み、また海へ飛んで行く。

おやつの頃、海を見ながら冷たい麦茶を飲む。「すこし、風が出てきたかねぇ」そんなおばあちゃんの声を聞きながら、うとうとしていて、いつの間にか眠ってしまった。

大洗の海岸は外海のせいか、波が荒い。高い波が後から後から寄せてきて、岩にぶつかり、しぶきを上げる。築港と呼ばれる突堤のところなど、打ちつける波で身長の倍ぐらいあるしぶきが上がり、暫く立っているとびしょ濡れになる。民謡の「磯節」にあるように、花のようなしぶきをあげるのだ。

水戸を離れて　東へ三里
波の花散る　大洗

大洗は、干潮と満潮の差がはげしい。朝起きた時見ると、別荘の前は遠浅で遠くの岩まで歩いていけるのだが、午後になると、ぐんぐん潮が満ちて、あっというまに背が立たないぐらいの深さになる。そして、岩の周りは、深くえぐられているので、引き潮が渦をまく。大洗の海は、素晴らしくて、ちょっと怖い海だった。

ある日、泳ぎのうまい慶ちゃんと儘田の新六郎《しんろくろう》さんが遠泳をすることになった。潮が引いている間に岩を渡り、途中泳ぎながら一番遠い岩場まで行ってみるという。若くて冒険心のある二人だから、自信満々だ。「さて……と。今日はこの冒険に、誰か連れて行ってやるか？」

新六郎さんが言ったので、私は言った。「あたし、行く！」

「えっ、テコちゃんが？」慶ちゃんがぎょっとして言った。

「だけど、途中、泳がなきゃならないんだぜ」

「だから、浮き袋を持って行く」私は、浮き袋をつけて泳ぐつもりだ。

「ひえぇ、参ったなあ。浮き袋つきかあ！」迷惑顔の新六郎さんも、これには笑った。

「あははは！　チビ姫連れの冒険も、また、おつなもんだ。よっ、行くべえ、行くべえ！」というわけで、若者二人が、浮き袋つきの女の子を連れた珍妙な冒険となった。

この冒険は、初めに浜辺に近い岩場を渡る。そこは岩がごつごつして滑りやすい。それに、欠けた貝殻などがあって足を切ったりするので、用心して渡らなければならない。

「はい、こっち、こっち、来て！」

遠い岩場まで渡り終えると、海の色が濃い緑色になり、一段と深くなっている。新六郎さんが私を抱いて次の岩へ移った。そのうち、少し泳がなくてはならないところへ来た。

「おれが先へ行く！」慶ちゃんがそう言ってザブンと海へ飛びこみ、ふたかきくらいで向こうの岩につく。そして、しっかり立つとこっちを向いて、「よし、いつでもいいぞ」と言う。新六郎さんは、波がよどんできたところを見計らって、「そうれっ」と私を力いっぱい波の上に押し出す。「よしきた！」慶ちゃんが流れてきた私を捕まえてくれる。

いよいよ、最後の岩渡りとなった。ここは、私も泳がなくてはならない。

「テコちゃん。あそこまで泳げるか？　今日は波が少し荒いから、ちょっときついかもしれないが、どうだ、怖くないか？」新六郎さんが言った。

「大丈夫！　怖くない」私は言った。この二人は泳ぎがうまくて、溺れてもすぐ助けてくれると思っているから、平気だ。心配しているのは、二人のほうじゃないだろうか。

「ようし、じゃあ、がんばれ。いざという時は助けてやるからな。さてと、おれは先に行くぞ！」

先発隊の新六郎さんは海へ飛び込んだ。慶ちゃんに言われて、私は浮き袋で続く。懸命の犬かき泳ぎだ。バチャバチャ……、後に続く慶ちゃんが、そのあおりを受けるなど一向に判っていない。「おうい！　波がきたぞう！」前を泳いでいる新六郎さんは、上手に波に乗った。でも後に続く私は、崩れてくる波にズブズブと飲み込まれてしまった。その浮き袋を後からくる慶ちゃんがつかみ、うまいことひっぱりあげてくれた。

三人は、ようやく目指す岩場にたどりついた。

「ひゃあ！　でっけえ波だった！」新六郎さんは岩の上で、耳の水を抜きながら言う。

「ああ、しょっぱかった、ゲブゲブ！」私が言うと、慶ちゃんが私の顔を覗《のぞ》いて、「おい、だいじょぶか？」と言う。

「……うん、ちょっと、水、飲んじゃった」

「でも、そのくらい平気だよな」

「うん、平気！」

ふたりはそれを聞いて安心して笑った。「このチビ姫の勇敢なることよ！」

「まったく、女の子にしておくのは、惜しいみたいなもんさ」

あたりを見回した慶ちゃんが言った。

「テコちゃん。あそこに見えるのが亀岩だよ」

亀岩については、いろいろな言い伝えを聞かされていた。この岩に乗った人は、生きては帰れないのだと。近くで見た亀岩は不気味だった。岩じゅう苔に覆われ、周りには暗緑色の水がぐるぐる渦巻いている。長い間見ていると、水に引き込まれそうな感じがした。


大洗は海だけではなく、別荘の後ろの大洗山でも遊べた。切り立った大洗磯前神社の石段を競走で駆けあがり、クマザサが生い茂った道をかきわけて、蜻蛉や蟬をとったり、水族館を見にいったりした。時々儘田の別荘へ行って、信五郎《のぶごろう》さんにレコードを聞かせてもらったり、新聞にあった「ノンキナトウサン」の漫画を見せてもらったり、幸四郎おじさんのひとりダンスを見物したり、夜は両方の子供たちが集まって「お化け大会」もした。また、みんなで那珂川《なかがわ》の河口近くの海門橋へ行って、魚釣りやボート遊びをしたり、橋脚のところで大声で怒鳴ってこだまが返ってくるのを聞いたり、一日だって退屈して時間を持て余すことなどなかった。

兄も私も郁男も真っ黒に日焼けした。土地の漁師の子供と並んでも、見劣りしない。足も手も顔も黒光りして、裏返した手のひらだけが白い。

「良一や郁男はいいけど、照子は女の子なんだから、そんなに真っ黒になっちゃうとね」

母が心配する。

八月も半ばを過ぎると、海は土用波が高くなり、あまり泳げなくなる。海の色もコバルトブルーよりもっと深い群青色になり、波しぶきも荒々しさを増してくる。もう間もなく羽生へ帰る日が来る。そう思うと海を見るのも名残惜しくなり、いつまでも波の音を聞いていた。

祖父と弟の死、母の病気

小学校一年生の夏、小島商店の当主、おじいちゃんの完吉が亡くなった。葬儀は、誰も見たことがないといわれるほど盛大で、店の前の通りには数えきれないほどの花輪が並び、多くの弔問客が集まった。女たちは白い綸子《りんず》の着物に白地の帯、白い草履と、白ずくめの装いをし、男たちは黒の紋付に身を包んでいる。そうした人々の長い行列が、炎天下、お寺まで続いた。また、店に集まった人々のために、二階から手ぬぐいや、さらし木綿の布地などが投げられ、先を争って取ろうとする人たちでごったがえし、お祭りのような騒ぎになった。

長男の英一叔父は、呼び戻され、二代目の完吉になった。彼は学問の好きな真面目一方の人間で、商売に向くような人ではなかったが、親戚縁者に説得され、泣く泣く二代目になったという。こうして二代目の完吉叔父が戻ってくると、私たち一家は、少し離れたところに住まいを変えた。

その年の冬のことだ。百日咳《ひやくにちぜき》という病気が流行り、羽生の町でも大勢の子供たちが死んだ。私の家でも、二人の小さい弟、郁男と正三《しょうぞう》がこの百日咳にかかり大騒ぎになった。部屋を温め、金盥《かなだらい》で湯気をたて、吸入器で硼酸《ほうさん》の吸入をさせ、交替で看病に当たる。こうして、上の弟の郁男はようやく命を取り留めたが、間もなく一歳のお誕生日を迎える正三は、肺炎を起こし、あっという間に死んでしまった。白い「正《しょう》ちゃん帽」がよく似合い、あやすと声を立てて笑った正三は、布団にくるまれ、その上には魔よけの小太刀が置かれた。

晩になると、近所の人たちが集まり、念仏供養が行われる。十人ぐらいの人が、大きな数珠《じゅず》のまわりに車座になり、真ん中に鉦を置いて、カンカンカーンと打ち鳴らす。その音に合わせ、みんな両手で数珠を回しながら、念仏を唱えるのだ。

「ふーど、しゃーか、もーんじゅ、ふーげん」

……不動《ふどう》、釈迦《しゃか》、文殊《もんじゅ》、普賢《ふげん》、地蔵《じぞう》、弥勒《みろく》、薬師《やくし》、観音《かんのん》、勢至《せいし》、阿弥陀《あみだ》、阿閦《あしゅく》、大日《だいにち》、

虚空蔵《こくうぞう》という仏様の名前を唱え、最後は、「南無阿弥陀、南無阿弥陀」の繰り返しになる。一緒になって数珠を回し、念仏を唱えると、心が空っぽになり、正三が、だんだん遠くなっていくように思えた。

二年ばかりたった小学校三年生の時、母は五人目の子供をみごもり、その出産の準備をしていた。ところが、持病の中耳炎が悪化し、医者と看護婦が毎日くるようになって、弟の郁男と私は、離れにいるおばあちゃんのところに預けられた。

母は弟の伸夫《のぶお》を出産すると、すぐ東京の帝大病院へ入院し、家には春《はる》さんという乳母が来て、赤ん坊を見ることになった。父もおばあちゃんも病院へ行き、私と弟は赤ん坊のいる家に戻った。心配した完吉おじさんが授業を休むことの出来ない兄を残し、私と弟を帝大病院まで連れていってくれた。しかし、熱に浮かされうわ言を言っている母が怖くて、私は近寄ることが出来なかった。母は耳の後ろの骨を削り取る大きな手術をして命を取り留めた。しかし、予後の治療のため、退院後も通院しなくてはならないので、それから一年あまり、病院の近くに女中付きで暮らすことになった。母が家に戻ったのは弟の伸夫を産んでから一年半ばかり後のことで、乳母の春さんしか見たことのない伸夫は、母を見て泣いた。

「伸夫には、忘れられちゃったねぇ」と、母が淋しそうに言ったのを覚えている。

ようやくみんなが落ち着いた頃、離れの家を建て直すことになり、おばあちゃんは、その間、少し離れた士辺《しべ》というところで、お手伝いさんと暮らすことになった。そして嬉しいことに、私を一緒に住まわせてくれたのだ。

土間の真ん中に、ポンプ井戸があるような古い家だったが、私はおばあちゃんとのんびり話をしたり、リリヤンの糸で紐を編んだり、家では出来ないことがたくさん出来た。おばあちゃんは、来る人ごとに自慢をする。「照子が、お風呂の水汲みをしてくれましてね」「照子が、こんなものを作ってくれました」などと言って。

士辺での暮らしは、大好きなおばあちゃんを独り占め出来た、宝物のような日々だった。

おセンチ姉さんと遅刻の名人

離れの家が出来ると、おばあちゃんは、和子おばさんと慶三おじさんと暮らし始めた。新しい家はどこも木の香りがして、布巾に包んだおからで拭きこんだ白木の廊下はそっと歩かないと滑って転びそうになる。母屋から独立して建てられた二階屋で、庭にはたくさんの植木や石灯籠があり、洋風の応接間もしつらえられ、二階の窓には二重ガラスがはめ

られていた。

和子おばさんと慶三おじさんは、ＳＰのレコードで、クラシック音楽などを聞かせてくれた。シャリアピンという有名なバス歌手の歌う「ボリス・ゴドノフ」は、空きっ腹に響くような低い声で、「こんな声の歌い手が世の中にいるんだ！」と驚いたりした。

和子おばさんは、銘仙の着物が似合う人で、そばに寄ると、ヘチマコロンの匂いがした。細々とした声で、『小公子』（バーネット）や、『銀の匙《さじ》』（中勘助《なかかんすけ》）などを読んでくれたが、体が弱く、女学校に進学出来なかったので、「早稲田大学講義録」をとって勉強していた。その分厚い本が書棚に、ずらりと並んでいたのは壮観だった。私たちきょうだいは、このおばさんを、密かに「おセンチ姉さん」と呼んだ。というのは、センチメンタルなところがあり、『フランダースの犬』の最後など、読んでいて感動し、嗚咽《おえつ》で先へ進めなくなったりしたからだ。

和子おばさんと対照的なのは、慶三おじさんだった。その頃、不動岡中学校（現・不動岡高等学校）五年生、今で言うなら高校二年生ぐらいだろう。朝まだ暗いうちに、自転車に乗って出かけていく。黒いマントをひらひらさせながら、「よっ、テコちゃん、行ってくるぜ！」なんてセリフを吐いて。

夕方、遊んでもらおうと慶ちゃんのところへ行くと、楽しいお喋りが始まる。

「おれはな、遅刻の名人って称号を貰った」

「遅刻で名人だなんて、そんなの、偉くないよ」

「ところがだ。あんまり遅刻をしたので、神様に昇格あそばされたのだ！　わっはっは！」

なんて言って笑っている。でも、落第もせず、東京商科大学（現・一橋大学）へ入り、ボート部の選手になった。そして、ボートが転覆して川へ投げ出された話をしたり、足の指のタコを見せびらかしたりするのだ。

「さわってみな。凄く硬いから」

「ここに力をいれて、ボートを漕ぐんだね」

「そうだよ」そう言って、足の人差し指と親指で、私の足をつかんでみせる。その力の強いこと！

「どうだ、この指の長いのは、出世する証拠なんだぞ。えへん！」

こんな具合で、慶ちゃんのところに行くと、面白いことがいっぱいあった。

エドガー・アラン・ポーの小説『黒猫』を読んでくれた時など、まるで舞台俳優のように演じてみせる。

「ああ、神様！　と彼が祈った時、墓場の中から、人のすすり泣きの声がした。その声は、やがて、女の悲鳴のような恐ろしい声になった。ひゃーっ」

「怖いよう。やめて！」私が本を取り上げても、慶ちゃんはけろりとしたものだ。

「なんだ、これからがいいところなのにさ」

男兄弟の中で育った私が、ちょっぴり女の子らしくなったのは、おセンチ姉さんのお蔭で、型にはまらずおおらかに育ったのは、遅刻の名人のお蔭らしいと私は思っている。子供の頃を思い出す度に、この二人の笑顔が浮かぶ。


ある時、一冊の文庫本を見つけ、何気なくページを繰っていて、ショッキングな絵が目に入った。妖艶な美女が男の生首に口づけするという恐ろしい絵だった。興味を持った私は、夢中で読み耽《ふけ》った。淫らでエロチックで、覗いてはいけない大人の世界だ。

どのくらいの時間が過ぎたのだろう、突然祖母が襖《ふすま》を開けて入ってきて、何気なく言った。

「照子や、何を読んでいるんだい？」その時の私の狼狽《ろうばい》といったらない。何センチか飛び上がったかと思うと、その本を押し入れの奥に放り投げた。

しかし、祖母はそれを見ても何も言わなかった。「どうしたの」とも、「何の本だったの」とも聞かなかった。祖母は、返事もしない私を、ただそっと見つめているだけだった。

この本のことは、長い間忘れていたが、後年、ＮＨＫテレビの「日曜美術館」で、この

絵に再会した。ビアズリーという、イギリスの画家の描いた絵だ。文庫本を買って、『サロメ』というオスカー・ワイルドの書いた戯曲を読み、ショッキングなビアズリーの絵をもう一度見ることが出来た。

今になって考えてみる。本でも絵でも、子供向きのものとしては、『サロメ』やビアズリーの絵はとりあげないだろう。子供には危険で、安全なものとは言えないから。そこには、禁断の実があり、伏せておきたい文学があり、見てはいけない絵がある。でも子供は、それらをひっそり覗き見ながら、少しずつ大人になって、いろいろなことを理解していく。そのほうが、より人間らしく成熟するのではなかろうか。

大好きなおばあちゃんは、私を叱らなかった。いつも褒めてくれた。兄が学校へ行かないと騒いだ時も、決して叱らず、涙ぐみながら見つめていたと、兄は話してくれた。祖母の涙を見て、兄は自分から学校へ行く気になったと言っていた。

私は、祖母の教えを、大切に心に留めている。

二、戦争の足音がする少女期

熊谷高等女学校へ入学する

私は、昭和十二年（一九三七年）四月、埼玉県立熊谷高等女学校（現・熊谷女子高等学校）に入学した。明治四十四年創立という由緒ある学校で、母のすぐ下の妹、久子《ひさこ》の学んだ学校でもあった。

女学校は義務教育ではなかったから、当時は一握りの女性しか進学していない。小学校六年の時の名簿を眺めてみると、女性十八人のうち、女学校へ進学したのは、五人か六人だった。

私は試験に合格すると、胸躍らせて校門をくぐった。正門から入ると、緑の木立の間にフランス風の赤茶色の校舎があって、右手の校庭の真ん中に大きなプラタナスの木があっ

た。私はここで四年間勉強した。四角な顔にチョビ髭の校長先生、紺の袴を颯爽《さっそう》と翻して歩く内山《うちやま》先生、白いスーツが似合う体育の小川《おがわ》先生、少女みたいな面影の裁縫の本間《ほんま》先生、口をとがらせて発音する英語の篠崎《しのざき》先生、みんな楽しい先生ばかりだった。

課外授業には「作法」と「按腹《あんぷく》」とがあった。「作法」の吉岡《よしおか》先生は、木彫りの人形を思わせる落ち着いた姿で、ひっつめの髪に地味な木綿の着物を着て、歩き方から座り方、お箸の持ち方、お辞儀の仕草など、こまごまと教えてくださった。

「按腹」という言葉は、今は使わないが、マッサージを学ぶのだ。良妻賢母のしつけの一つで、よき嫁になるように教えたのだと思う。しかし、大切さが判らない年代だから、くすぐったいなどと笑ったりしながら覚えた。後になって、「あなたは、マッサージが上手ね」と、姑《しゅうとめ》から褒められたことがあり、役に立ったと思う。

課外の運動はバレー部に入った。背が高い私は、前衛の左を守ることになった。白い体操着に紺色のブルマーをはいて、「それっ!」「よしきた!」「がんばって!」仲よしの友達と汗を流すのは楽しかった。休憩の時は、校庭のプラタナスの木陰で休む。大きなプラタナスの葉が涼しい木陰を作ってくれ、そこで汗を拭う。今でも、あの時のみんなの明るいざわめきの声が聞こえるような気がする。

そういえば、学校に美しい先生がひとりおられた。普段の袴姿の時は、それほど美しい

と思わなかったが、お正月に日本髪を結って現われた時は、息を飲むほど驚いた。絶世の美人というのは、こういう人ではないかと思った。後で判ったのだが、この方の妹が、宝塚歌劇団の女優、東風《こち》うららで、後に映画などで活躍した宮城千賀子《みやぎちかこ》だった。

昭和十二年、「オーケストラの少女」というアメリカ映画がヒットしたので、見にいった。私は、ディアナ・ダービンの愛くるしい姿と、素晴らしい歌声に感動し、次に封切られる映画「アヴェ・マリア」が来るのを待って、有楽町の日比谷映画劇場まで見にいった。綺麗な英語と、リズミカルな音楽に聞き惚《ほ》れ、行けなかった友達のため、休み時間にストーリーを説明し、テーマ・ソングを歌って聞かせたりした。そうした映画への興味から、英語を学びたいという思いが芽生え、将来は英文科へ入ろうと考え始めていた。

しかし、昭和十二年の七月七日、中国で盧溝橋事件が起こった。どんな事件なのか、この事件がもたらす影響は何なのか、私たちにはほとんど知らされなかった。

祖母との心のつながり

昭和十三年二月九日、大好きな祖母が亡くなった。それを聞かされたのは女学校から帰る時の秩父鉄道の電車の中で、あまり親しくない近所の方から言われた。

「この度、ご本家のお年寄りのおかみさんが、お亡くなりになったそうで、まことに、ご愁傷さまでございます」

何だか、頭を殴られたような気がした。

その人には、ただ頭を下げて応えたが、こんな大事な知らせを何故こんな形で聞かされなくてはならないのかと、怒りがこみ上げた。私はいったい、どんな存在だったのだろう。最後の瞬間にも、思い出してもらえないような存在だったのだろうか。そう考えると、おばあちゃんにも裏切られたような気がした。本家の五歳の従弟、成一《せいいち》が、おばあちゃんの死に目に枕元にいたと聞くと、いよいよ腹がたって、涙も出なかった。そんな様子の私を見て、母は不思議に思ったらしい。「あんなに、おばあちゃんが好きだったのに……」と。

お葬式も終わり、初七日が来た。みんなが帰った後、完吉おじさん、和子おばさん、慶三おじさん、兄と、おばあちゃんのいた茶の間に集まった。小さな文机《ふづくえ》があり、お茶を入れてくれた長火鉢、茶簞笥《ちゃだんす》、ラジオ、炬燵《こたつ》などがあり、おばあちゃんのいた場所はちっとも変わっていない。

完吉おじさんが、おばあちゃんの日記を見つけると、言った。

「母さんらしい綺麗な字で書いてあるね」

左から順に、兄・良一、叔母・和子、父・市郎次（後）、弟・郁男（前）、祖母・つね、叔父・慶三、著者、お手伝いさん。昭和12年頃

熊谷高等女学校の頃。右端が著者

それから、続けて「照子さん、見てごらん。ここに、あなたのことが書いてあるから」と言う。

日記には、綺麗な字で「照子、熊谷高等女学校入学」と書いてあった。おばあちゃんの顔が浮かび、涙が溢れて止まらなくなった。恥ずかしくなり、廊下へ飛び出して、声を上げて泣いた。おばあちゃんは、私のことを覚えていてくれた。死に目になんか、会わなくてもいい、ちゃんと、心がつながっているんだから。そう思って、嬉しくて、また泣いた。

私は大好きなおばあちゃんを忘れることが出来ず、折に触れておばあちゃんのことを書き綴った。そして平成三年、金の星社から、長編童話『心をつなぐ糸』として出版した。この本は、翌年、埼玉文芸賞児童文学部門正賞を受賞、なお、この最後の文章が平成十四年度大分県立高等学校入学者選抜学力検査の国語の問題として採用され、その後、受験雑誌にも取り上げられている。

ユニークな慶三おじさんは、企画院、通商産業省などに勤めた後、日本銀行政策委員などを経て財界人となり、エコノミストとなり、「書き魔」と渾名《あだな》されたくらい、たくさんの本を書いた。私が大好きだったおばあちゃんの話をした時、彼はこう言った。

「母さんは、小島家の太陽のような人だったねえ」と。

祖母が亡くなって、その後、家は没落、今は住居も店もなくなり、「勤王足袋」の名称を覚えている人も少ない。でも私は、大好きなおばあちゃんを忘れない。今でもその太陽のような笑顔が、心の中にあるのだから。

夏休みになって、我が家は例年通り、みんな大洗へ出かける。私も学校の登校日があるが、普通の授業ではないので休んでもいいと思い、いつもの年のように大洗へ出かけた。すると、羽生にいた父から電話がかかってきた。学校から、「登校日にどうして休んだのか、戻って登校するように」と連絡があったという。私は折角大洗に来たのにと渋ったが、父は、とにかく戻って学校へ行くようにと言った。私は不承不承、羽生に戻り、翌日、学校へ行った。夏休みなので、どの教室もガランとしていて、生徒はいない。学年主任のO先生がいるという教室に行く。すると先生は、私の顔を見るなり、怒った顔で言った。
「この非常時に、呑気《のんき》に海水浴とは、何てことだ。みんな、勤労奉仕に汗を流している時に、おまえは非国民だ。よく考えろ！」

返す言葉がなかった。登校日に出なかったことで、何故そんな風に言われなければならないのか。それに、何故、非国民とまで言われるのか、納得出来なかった。「非国民」という言葉が胸に突き刺さり、涙がこぼれた。

O先生は、言いたいことを言うと、泣いている私をそのままに、席を立った。私は涙がおさまると、教室の外へ出た。すると、渡り廊下の向こうに、担任の内山先生の姿が見えた。先生は私を気遣っておられたらしい。でも私は、先生のふところへ飛び込んで行く気持ちにはなれず、先生の横を小さくお辞儀をして通りすぎた。校門を出、熊谷駅に向かった。「非国民」の言葉が、頭を駆け巡り、暫く正常の自分に戻れなかった。

私はそれから一度も大洗へは行っていない。行けば、よき子供時代の記憶を消し去ってしまう。それに、非国民と呼ばれた苦い記憶も、戻ってくるような気がしてならないから。

昭和十五年、女学校四年になると、上級学校を希望する組と、家庭に入る組とに分けられる。私は英語を学びたいと考え、上級を希望するD組に入った。しかし担任の内山先生は、今は国語を学んだほうがいい、学校推薦のきく実践女子専門学校（現・実践女子大学）の国文科へ行ったらどうかと言われた。実践女子専門学校は、下田歌子《しもだうたこ》の作った学校で、特に国文科にいい先生が大勢いる。國學院《こくがくいん》が近いこともあって、その先生方も来てくださるので、充実している。それに英語は、敵国語だと排斥運動も起こっているので、今は国語を学ぶべきだ、あなたは国語の成績もいいのだからそうなさいと説得され、父に相

談し、実践女子専門学校国文科に行くことに決めた。しかし、女性が進学するには難しい時代に、父はよく私の進学を許してくれたと、今更のように感謝の念を深くしている。

当時の女性は、官公立の大学には入学出来ないと言われていた。本当にそうだったのか、確認しようと考え、高橋次義のレポート、「旧制大学における女子入学に関する一研究」を読んだ。すると、大正二年、三名の女子が東北帝国大学に入学している。そのレポートを紹介する。

女子の大学教育については、帝国大学令に女子の入学を禁止する字句がなかったため、大正二年、東北帝国大学は、女子も入学出来ると考え、中等教員免許状を持ち、語学試験を受けた後に、選抜試験を受け合格した女子三名を入学させた。

文部省は、このことに狼狽したようで、帝国大学は男子に限るのが前提だったとして、同省の松浦《まつうら》専門学務局長は、次のように述べている。

「今回、東北大学に女子を入学せしめたるを見て、各大学にも出願せば、皆女子を入学せしむるもの、如く解するは早計なり。各大学の学則には、別に女子を拒絶するの明文はなけれど、其の制定の精神は男子を目標とし、特に女子たる事を明記せざるものは、悉《ことごと》く男子を意味するものなれば、もし新に女子を入学せしめんと欲せば、特に其の意を明らかにするの必要あらん。東北大学の学則の如きも、女子を拒絶するものと解するが正解なら

ずやとも思はれる。されど、今回の志願者は皆教員なれば、是等の女子が男子と競争して勉強せんとするは、教育の為喜ばしき事にて、毫《ごう》も非難すべき理由を見ず。たゞ、一般の女子が最高学府の門に向ふに於ては、利害得失深く研究を要す」（原文に適宜句読点を補った）

要領を得ない文章だが、制度そのものは男子を前提としたもので、女子と明記していないものは、すべて男子を前提にしている。今回、東北大学に入学した女子は教員免許状を持っているからいいが、一般の女子が大学を目指すことについては、改めて研究が必要だ。もし新たに女子を入学させようとするなら、何故そうするのか、その意図をはっきりさせることが肝要だ……。

そう言って、遠回しに女子の大学入学を拒絶しているように思われる。そのせいもあったのか、その後、大正十二年までの十年間、東北帝国大学への女子の入学はなかった。しかし大正後期以後、女子の高等教育を望む声が高まり、大学の入学者は徐々に増えた。昭和十四年の教育審議会答申では、女子の大学教育は「我ガ国女子ノ特性ヲ顧慮」した女子大学で行うことが原則で、「特別ノ必要」があれば、男子大学に入学することも今まで通り認めるとしている。ちなみに、昭和十六年の女子の大学在籍者数は次の通りだ。

帝国大学七校で十八名、官立の医科文理科大学五校で十四名。慶應や早稲田などの私立

大学七校で五十三名。なお、これは日本人の学部生、大学院生、研究科生だけで、外国人、選科生、聴講生、専攻生は除いてある。

私が実践女子専門学校に入学した昭和十六年、「女子は、大学には入れなかった」というのは間違いであった。それにしても、帝国大学令が男女ではなく、男子だけを前提としていたということに、今更のように驚いている。

実践女子専門学校とバプテスト女子学寮

昭和十六年三月、熊谷高等女学校を卒業すると、英語の飯塚《いいづか》先生が紹介してくださった東京四谷《よつや》の「バプテスト女子学寮」の門をくぐった。丁度、日曜の昼ごろのことだった。私は、これから始まる学生生活に胸躍らせ、玄関に立った。すると、前髪を両脇に分け、外国人のような臙脂のスーツを着た寮長が現われ、険しい表情で言ったのだ。「今日は、安息日ですよ。そんな日に、入寮される方がありますか！」

私は面喰らって返事も出来なかった。キリスト教についての知識がない私は、安息日と言われても全く判らない。しかし、驚くばかりの私に、副寮長の比嘉《ひか》さんがにこやかに言われたのだ。「とにかく、来てしまったのですから、お入れしましょう、ね」そう言って

寮長を説得してくれた。それから後は、同室のお姉さん役、宮永《みやなが》さんの手に渡り、細かい寮のきまりなどを教えてもらった。

朝は食事の前にお祈り。「エス様のみ名によりて、アーメン」と。賛美歌を歌い、食事。夜も、お祈りと賛美歌。「エス様のみ名によりて、アーメン」これが毎日の行事。日曜日は教会へ行き、牧師のお話を聞く。賛美歌を歌い、献金をする。安息日なので静かに休む。

こうして、全く経験したことのない毎日が始まった。部屋のお友達は、正田澄子《しょうだすみこ》さん、藤木絢子《ふじきあやこ》さん、山鹿恵美子《やまがえみこ》さん、後から台湾の蘇宝釵《そほうさい》さんが来られて賑やかになった。朝晩、賛美歌を歌うので、いい歌をたくさん覚え、お姉さま方からは、お化粧のこと、下着の付け方なども教えていただいた。

困ったのはお説教で、クリスチャンになるように説得された。「南無阿弥陀仏」で育った私には、「アーメン」を唱えるだけで精いっぱい。それでも、少し前までアメリカ人の寮長がおられたせいで賛美歌も英語だったから、すべてが新鮮で、楽しい日々だった。

十二月には、バプテスト教会のクリスマスで、私たちは、「ハレルヤ・サーム」の合唱曲を歌うことになり、練習が始まった。また、部屋別で劇をやる。私の部屋には、メリメの「マテオ・ファルコーネ」という演目が与えられた。ストーリーは次のようなものだ。

マテオの息子が、逃げこんできた男をかくまう。間もなく軍人がやってきて、「男が逃げてきただろう」と質《ただ》す。首を振る息子に軍人は懐中時計を見せ、「これをやるから、教えろ」と言う。息子はその誘惑に負け、男の居所を教えてしまうのだ。戻ってきて、そのことを知ったマテオは息子の卑劣な行為を許すことが出来ず、息子に銃を向ける。

そんな恐ろしいマテオの役が、私に回ってきた。同室のなかで一番背が高いので、あてられたのだろう。どんなマテオを演じたのか、私は全く覚えていない。扮装《ふんそう》した写真だけが残っている。銃を手に、黒い帽子をかぶり、息子役を従えて立っている。私はこの時、演じることの楽しさ、演劇の面白さを知ったような気がしている。

バプテスト女子学寮で、私は多くのことを教えられた。賛美歌をみんなで歌う心地よさ、英語の発音の豊かさ、女性同士のグループの楽しさ、いろいろなことを学んだ。

実践女子専門学校での生活も楽しかった。個性的な先生が何人もおられたからだ。

誰もが知っている「美しき天然」の歌詞を書かれた武島羽衣《たけしまはごろも》先生は、その名の示す通り、人品骨柄申し分のない、品のいい方だったし、短歌の高崎正秀《たかさきまさひで》先生は、歌人の折口信夫《おりくちしのぶ》（釈迢空《しゃくちょうくう》）を敬愛していて、口癖のように「我が恩師、折口信夫先生は」といって話された。

「あんたたちは、箸が転げてもおかしい年頃だ。そんな年頃で、（……悲しき）なんて書いたら、おかしくてお臍《へそ》が茶を沸かす。我が恩師、折口信夫先生が、悲しき、と言ったら、本当に悲しい、それが本当の悲しみだ」と。

アイヌのユーカラの研究で知られる金田一京助《きんだいちきょうすけ》先生からは、言語学を学んだが、私たちは時々、石川啄木《いしかわたくぼく》の話をせがんだ。「先生、啄木の話をしてください」とみんなで言って。先生は、「しょうがないな。じゃ、少し、しようか」そう言って、啄木が幅広ズボンをひらひらと翻し、格好よく歩いたことなどを話してくれた。啄木が、身近にいるような、嬉しい時間だった。

当時、学んでいた『万葉集』の本に、「本土に敵機襲来」と誰かのメモ書きがあった。間もなく東京にも空襲が始まるというなかで、有島武郎《ありしまたけお》の『小さき者へ』や、芥川龍之介《あくたがわりゅうのすけ》の『奉教人の死』などの作品に触れる、大切な日々だった。

終戦までの映画と演劇の思い出

昭和十三年、「路傍の石」という映画を見た。片山明彦《かたやまあきひこ》という少年が、さわやかに演じていたのが記憶に残っている。当時、大ヒットの「愛染《あいぜん》かつら」も、この年の封切りだが、

映画は見ていないのかもしれない。流行歌だけが、心に残っている。

昭和十四年、「残菊物語」、花柳章太郎《はなやぎしょうたろう》のうまさと森赫子《もりかくこ》の哀れさが涙をそそった。

昭和十五年の「小島の春」は、杉村春子《すぎむらはるこ》の演技が出色で、彼女の風情が目に焼き付いている。

昭和十六年に見たアメリカ映画で、強烈な印象を残したものがある。フランク・キャプラ監督の「スミス都へ行く」という映画で、ジェームス・スチュアート演じる青年が、急死した上院議員の代わりに、ワシントンに行く話だ。彼は少年団のキャプテンで、子供たちにとっては英雄だった。しかし、利益誘導の濡れ衣を着せられ、挫折してしまう。だが、秘書に激励され、組織の不正を暴く勇気に満ちた名演説を行う。アメリカの民主主義の光と影が鮮やかに映し出された、素晴らしい作品だった。

これ以降、終戦まで、アメリカ映画は来なくなった。

演劇もいくつか見にいったが、記憶があやふやなので、『新劇年代記』で調べてみた。すると、昭和十七年十一月二十七日から帝国劇場で東宝演劇研究会の公演「ファウスト」が行われているのを見つけた。記憶と合っていたので嬉しかったが、本に載っていた批評に驚いた。批評というより、酷評だったのだ。

「私は今まで日本で三度『ファウスト』を観た。その三度の中では今度の帝劇の『ファウスト』が一番つまらない。先づ舞台に自分達の全力をあげて、この大作にブッつかって行かうとする気魄とか熱情とかいふものが、全然感じられなかったのに非常に不満を覚えた。装置にも、照明にも、どうせ勉強芝居なんだから、これ位でいゝさ、といふやうな冷かさが、アリ〳〵と見える。乏しい資材を、何とかして生かして、芝居の効果を挙げようとする熱意の不足が、舞台を如何にも寒々したものにしてゐる。俳優も個人々々としては、相当の努力は払ってゐるらしいが、各人各流で、全体としての纏まりがなく、そのために舞台に少しも迫力が出て来ない。熱情を欠き、個人の演技能力の不足を全体の纏まりの力で補ふことを忘れた勉強芝居═それが、いかに索漠たるものであり、無味乾燥なものであるかは、説明の必要もあるまい」

遠藤慎吾《えんどうしんご》(東京新聞十一月二十九日)

(倉林誠一郎《くらばやしせいいちろう》『新劇年代記〈戦中編〉』より)

現在、劇評というと、褒めるのが半分くらいで、貶《けな》していても、やんわりといった程度だ。それなのに、この昭和十七年のものは、完膚なきまでにやっつけている。初期の演劇をよくしようと思う心がそうさせるのだろうが、もしかしたら、現在のようなもたれあいよりは、こうした酷評のほうが意味があるのかもしれない。

しかし、この時の演劇を見た十七歳の私は、園井恵子《そのいけいこ》のグレエチヘンの清楚な美しさと、河野秋武《こうのあきたけ》の若々しいファウストに心を奪われた。それに、ゲーテの作品に触れる喜びもあったのだろう。

演出・秦豊吉《はたとよきち》、配役はファウスト・河野秋武、グレエチヘン・園井恵子の他、外野村晋《とのむらしん》、清水元《しみずげん》、若宮忠三郎《わかみやちゅうざぶろう》、高橋豊子《たかはしとよこ》、久松保夫《ひさまつやすお》らが出演している。

もうひとつの演劇は、苦楽座の公演「無法松の一生」だ。昭和十八年に封切られた映画に感動し、舞台も見たいと考え、見にいった。昭和十九年一月のことだ。出演者の顔ぶれを見ると、知った名前の俳優が大勢出ている。原作は岩下俊作《いわしたしゅんさく》、演出は八田尚之《はったなおゆき》、出演は丸山定夫《まるやまさだお》、薄田研二《すすきだけんじ》、園井恵子、藤原釜足《ふじわらかまたり》、飯田蝶子《いいだちょうこ》、多々良純《たたらじゅん》、徳川夢声《とくがわむせい》、嵯峨善兵《さがぜんべい》、佐野浅夫《さのあさお》などであった。

なお、この演劇についても、『新劇年代記』に劇評が載っている。

評者は、昭和十七年五月、文学座が国民新劇場で「富島松五郎伝」として上演したのが、詩情豊かな美しい悲劇として愛着が残っており、今回は俳優も適材適所なので、文学座以上の出来栄えを見せはしないかと思ったのだが、それほどでもなかった、としつつも次のように述べている。

「だがこれは文学座の時の感銘が深かったので、慾をいったまでで、苦楽座は苦楽座なりに、松五郎の単純でひたむきな愛情をしみじみと描き出してゐる。松五郎や彼をめぐる人々の日本的な潔らかな情愛は、依然として日本人の誰にでも愛されるに違ひない。哀愁と愛情の融合した各幕の情景は誰の眼にも美しく映ずるに相違ない。また娯楽性豊富で平易且つ庶民的な物語の構成は、きっと低い大衆にも親しまれ易い。かういふ演劇は直接戦力増強には役立たないかも知れないが、観る人の心を潔らかにしてくれる点で矢張り存在価値があると思ふ」

（東京新聞二月二日）

俳優の丸山定夫は、この後、広島の原爆で亡くなった。だとすると、これが最後の舞台だったのかもしれない。もっと目を皿のようにして、丸山定夫を見ればよかった。

私は、三好十郎《みよしじゅうろう》の芝居を見て感動し、劇団の演出部を訪ねていった記憶がある。芝居に興味を持ち始めていたのだ。でも、間もなく本土への空襲が本格的に始まる昭和十九年だから、私の小さな希望は消し飛んでしまった。

食べるものも、着るものも不自由なあの頃、人の心も索漠としていた。そのような時に、いくつもの劇団が、身をすり減らすようにして、懸命にステージを作り続けていた。それが、まだ十代だった私の心に、明るい灯をともしてくれたのだと、しみじみ思った。

幼児番組に見る戦争の色

戦争中、ラジオ番組への影響はどうだったのか。幼児番組に、戦時色がどのくらい入ってきているか。年を追って見てみることにした。

昭和十三年、「爆弾三勇士」という口演童話家のお話が組まれている。これは、昭和七年に勃発した上海事変の時、廟行鎮《びょうこうちん》の中国軍が張り巡らした鉄条網を爆破するため、三人の兵隊が爆薬筒を抱いて突っ込み、活路を開いたという実話である。どんな風に語られたのか判らないが、恐らく、戦争中の美談として伝えられたのではなかろうか。

なお、この年の四月十日に灯火管制規則が施行され、各家の電灯は光が洩《も》れないように黒い布で覆うことになり、夜間は真っ暗になった。番組のタイトルも、「ぼうくうえんしゅう」「強くてやさしい兵隊さん」「兵隊さん万歳」などだ。

昭和十四年、満蒙国境で軍隊が衝突、ノモンハンでは日本陸軍第二十三師団が全滅するという事件があった。番組のタイトルも、「センチノオトウサマへ」「愛馬進軍詩」「ヤスクニジンジヤ」「キラキラキンノトビ」「北の島南の島」といったもので、京城（現・ソウル）より中継、愛国婦人会朝鮮本部幼稚園児童という文字も見える。

昭和十五年九月には、全国の市町村に「隣組制度」が出来、徳山璉《とくやまたまき》の歌う「隣組」の歌が、毎日のようにラジオから流れた。

とんとんとんからりと　隣組
格子を開ければ　顔なじみ
廻して頂戴　回覧板
知らせられたり　知らせたり

（岡本一平《おかもといっぺい》詞、飯田信夫《いいだのぶお》曲）

十一月十日、日本の紀元は二千六百年ということで、それを祝う行事が全国各地で行われ、「紀元二千六百年」の歌がラジオから流れた。番組もこれらの行事に関したものが多く、「僕は海軍大好きだ」「ヘイタイサンアリガタウ」「ドンドンパチパチ」「日の丸バンザイ」といった題名が見える。

昭和十六年十二月八日には、日本軍によるハワイ真珠湾攻撃があり、太平洋戦争に突入した。「子供の時間」も「少国民の時間」となった。

昭和十七年四月十八日、東京、名古屋、神戸などに初空襲があった。しかし、この年の

番組には何故か、日本の神話や昔話ばかりが目につく。「桃太郎」（長浜藤夫《ながはまふじお》）、「国引き」（毛利菊枝《もうりきくえ》）、「牛若丸」（森雅之《もりまさゆき》）、「猿蟹合戦」（池田忠夫《いけだただお》）、「花咲爺」（三津田健《みつだけん》）などで、その間に歌や音楽が取り上げられている。

昭和十八年一月、ニューギニアのブナで日本軍全滅。四月十八日にはソロモン群島上空で山本五十六《やまもといそろく》大将が戦死。五月二十九日にはアッツ島の日本軍が玉砕。七月二十九日にはキスカ島の日本軍が撤退するなど、悲報が相次いだ。国内でも空襲時に備え、上野動物園の猛獣が薬殺され、理工系、教員養成系の学生を除いた大学生の徴兵猶予が停止になり、二十五歳未満の女子は、勤労挺身隊として動員されることになった。

「幼児の時間」は昭和十八年十一月から「戦時保育所の時間」と名前を変え、十二月は一か月休止することになった。

文部省の『幼稚園教育百年史』を見ると、東京都は幼児の安全確保が危ぶまれたため、昭和十九年五月、幼稚園を全面的に休止し、各地でも同様の措置がとられたとある。

昭和十九年二月六日にマーシャル諸島の守備隊全滅。二月十七日、トラック島の被害が伝えられ、七月七日、サイパン島の守備隊全滅、八月三日テニヤン島、八月十日にはグアム島全滅と敗戦の報が相次ぎ、六月十六日の北九州爆撃をはじめとして、十一月二十四日の東京空襲と、本格的な本土への攻撃がはじまった。

戦時保育所向けの放送も制作が困難になってきた。昭和二十二年の『ラジオ年鑑』にも、昭和十九年度の放送実施は、あらゆる困難を忍び、悲壮ともいうべき状態の中で行われたと書かれている。

子供の歌と軍歌

子供にとって歌は生活の一部である。歌に合わせて手を振ったり、踊ったり、リズムに合わせて行進したり、楽しく遊ぶものだ。

ところが私の子供の頃は、その中に、たくさんの軍歌が入り込んできた。私は、その意味も判らず歌い、今でもそれが口をついて出てくる。

その中に、こんな歌があった。言葉は難しいが、行進曲ふうな曲なので、手を打ち振り、歩きながら歌った。

歌詞の一部を紹介する。

一、廟行鎮の敵の陣　我の友隊すでに攻む
　折から凍る如月《きさらぎ》の　二十二日の午前五時

二、命令下る正面に　開け歩兵の突撃路
待ちかねたりと工兵の　誰か後《おくれ》をとるべきや
三、中にも進む一組の　江下　北川　作江たち
凜たる心かねてより　思うことこそ一つなれ
四、我等が上に戴《いただ》くは　天皇陛下の大御稜威《おおみいつ》
後に負うは国民の　意志に代れる重き任
五、いざ此の時ぞ堂々と　父祖の歴史に鍛えたる
鉄より剛《かた》き「忠勇」の　日本男子を顕《あらわ》すは

櫻本富雄《さくらもととみお》著の『歌と戦争　みんなが軍歌をうたっていた』によると、これは、昭和七年、毎日新聞社（当時は大阪毎日新聞社、東京日日新聞社）が公募して選んだ「爆弾三勇士」の歌である。その年の二月二十二日未明、上海郊外の廟行鎮で行われた、三人の兵士による肉弾攻撃を歌った与謝野寛《よさのひろし》（鉄幹《てっかん》）の詞だ。

公募歌というのは、官庁や新聞社などが公に募集して選んだもので、この歌がヒットした年から徐々に増えていった。

昭和十二年から十四年の公募歌は、「露営の歌」（大阪毎日新聞社、東京日日新聞社主

催）、「愛国行進曲」（内閣情報部主催）、「父よあなたは強かった」（朝日新聞社主催）、「愛馬進軍歌」（陸軍省主催）、「出征兵士を送る歌」（講談社主催）などがある。

その他、題名だけ挙げると、「進軍の歌」「皇軍大捷の歌」「少国民愛国歌」「みくにの子供」「日の丸行進曲」「婦人愛国の歌」「大陸行進曲」「仰げ軍功」「兵隊さんよありがとう」「愛馬行」「海の勇者」「戦時市民の歌」「太平洋行進曲」「空の勇士」などである。

昭和十五年から十六年十一月頃までは、「燃ゆる大空」（陸軍省主催）、「出せ一億の底力」（毎日新聞社主催）、「紀元二千六百年」（奉祝会、日本放送協会主催）、その他、「心のふるさと」「愛馬花嫁」「奥の細道」「防空の歌」「国民進軍歌」「みんな兵士だ弾丸だ」「興亜行進曲」「日本勤労の歌」「金金金」「航空日本の歌」「起てよ一億」「たのしい満州」「靖国神社の歌」「開墾花嫁の歌」「三国旗かざして」「馬」「めんこい仔馬」など。

昭和十六年十月頃から十七年四月頃は、「進め一億火の玉だ」（大政翼賛会主催）、その他、「大東亜決戦の歌」「ハワイ大海戦」「マレー沖の凱歌」「戦い抜こう大東亜戦」「空襲なんぞ恐るべき」「産報青年隊歌」「アジアの力」「屠《ほふ》れ！米英我等の敵だ」「大日本青少年団歌」「大東亜戦争陸軍の歌」「決意一番」「十億の進軍」など。

昭和十七年五月から敗戦までは、「ラバウル海軍航空隊」（日本放送協会主催）、「ああ紅の血は燃ゆる」（軍需省主催）、その他、「特別攻撃隊」「村は土から」「大東亜戦争海軍の

歌」「みたから音頭」「マレー攻略戦」「少国民進軍歌」「必勝の貯蓄兵」などの曲が発表されている。その他、推薦歌として、「若鷲の歌」がある。これは、「予科練の歌」として愛唱されたものだ。また、推薦歌ではないが、戦争末期になると、「轟沈」「同期の桜」「勝利の日まで」なども歌われた。

こんなに多くの公募歌があって、日本国中で歌われていたのだ。思い起こすと、何とも言えない気分になる。

大脳生理学の権威、時実利彦《ときざねとしひこ》から聞いた話を思い出す。

「声を合わせて歌う」ということは、「心を合わせる」ことで、共同意識が生まれるのだという。同じ学校の卒業生と肩を組んで校歌を歌ったりする時、私もそう思うことがある。歌うことで、その世界に引きずり込まれ、歌が真実に思えてきて、陶酔してしまうのだ。それが軍歌の恐ろしさだと思う。敗戦間近の頃、こんな歌があった。

いざ来い　ニミッツ　マッカーサー
出てくりゃ　地獄へ逆落とし

口にするのも躊躇《ためら》われるような歌詞である。

こうした過ちは、二度としないと信じたいけれど、ひとりひとりが、そのことをしっかりと心に刻んでおかなければ、また繰り返すかもしれないのだ。

三、太平洋戦争勃発、繰り上げ卒業となる

十六期生アナウンサーになる

昭和十九年(一九四四年)、十九歳になった私は、翌二十年三月に専門学校を卒業するはずだった。ところが、戦況が悪化し、当時の専門学校と大学は、卒業を半年繰り上げ、十九年九月卒業ということになった。

前の年の十月には、出陣学徒の壮行会が神宮外苑競技場で行われ、多くの若者たちが学業を捨て出征していった。国語の教師になるつもりだった私は、教師などしていられない気持ちになり、お国のために、何か役に立つ仕事をしたいと思い、学校に掲示が出ていた放送員試験を受けることにした。その時は、この仕事が私に向いているかどうかも、考える余裕はなかった。

筆記試験と音声試験を経て、正式に合格と決まり、事後承諾の形で両親に告げると、母は「東京にいたら、危ない」と猛反対だったが、父は「どこにいても、もう今、危険は避けられない。こんな時だから、もしかしたら、放送局のほうが安全かもしれない」と言って、許してくれた。

女性ばかりの十六期生アナウンサーは、東京採用が十二人、地方採用が十九人だったが、特別に採用された二人の男性も加わり、一か月半の研修を受け、それぞれの地方局へ旅立った。中には、樺太《からふと》局へ赴任した石坂幸子《いしざかさちこ》さんもいた。仕事は男性と同じ、非常線を突破できる報道員の証明書と腕章を貰い、いざという時は放送局へ駆けつけることになった。

その頃、どんなアナウンスをしていたのだろう。当時の資料やアナウンス原稿はほとんど残っていない。「どんなものでも、残っていたら」という私の依頼に、荒牧富美江《あらまきふみえ》（旧姓・浅海《あさみ》）さんが応えてくれた。彼女の日記に、アナウンス原稿の下書きが残されていたのだという。

昭和二十年四月二十六日、新宿駅前からの中継、「戦災者慰問激励吹奏楽」の時のアナウンスだ。海洋吹奏隊の演奏で、指揮は宮下豊次。

「新宿駅の雑踏は朝も晩も、また昼間もいつも絶えることなく、今も昔も変わっておりま

せん。けれどもかつては郊外散策に登山に、楽しい計画の出発点として賑わったこの駅が、今はひとすじに戦力強化のための門戸として大きな役割を果たしております。

駅の各入口には、爆風よけが構築され、そのかげに消えてゆき、あるいはそのかげから出てくる人々の緊張しきった顔々、このようなところに、昔と異なった今の新宿駅の姿が、窺い知られるのでございます。

カーキ色ひと色に身をかためた産業戦士、それぞれの制服をつけた学徒、また、寒い頃とは変わって色合いにもやさしい春のたしなみを見せたモンペ姿の女性たち、乗り降りの人の数が多いだけに、さまざまな人の姿が見受けられますが、その人々の中で特に目をひきますのは、大きな荷物を背負った戦災者らしい方々でございます。新しい出発にこの駅をくぐってゆかれるこれらの方々の姿は、決意に満ちた晴れ晴れとした、ほんとうに心強いものでございます。これらの戦災者の方々が、ただ一日も早く再び戦列につかれますことをお祈りしたい気持ちが、胸いっぱいになってまいります。

紺の戦闘帽に紺の巻脚絆、吹奏隊の紺の制服には、青い腕章が映えております。

駅の横、疎開でとりかたづけられた広場では、早朝からつめかける戦災者や疎開者に、愛甲助役を筆頭に、駅員の方々が親切な指導、説明を行っております。

また、左手の白い壁には、〝航空機増産、総突撃〟と力強い文字が書かれております。

駅の構内に目を移しますと、一時も絶えることのない人々の出入りを、手に持った鋏で見事にさばいてゆく女子駅員の姿が、頼もしく目に映ってまいります。日ごとに執拗を極める空襲にも、少しもひるまぬ私ども、幾たびかいわれることでございますが敵の焼夷弾も爆弾も、私どものたましいまで焼きつくすことは出来ません。敵撃滅の神機はまさに迫っております。どんな困難がありましょうとも、必ず試練に耐えて勝利の日のために、強大な最後の一押しを送りましょう。一機でも多く特攻機を！　一時も早く翼を！　翼で仇《あだ》を討つため、ともに頑張りましょう」

荒牧さんの手紙には、次のように書いてあった。

「日記から抜粋したメモで、恥ずかしい気がしますが、いささか神がかり的な、アタマにきているような雰囲気は感じていただけるのではないでしょうか」

アナウンス原稿は、それぞれの部署の担当者が書いたものを使うのが普通だったが、こうした中継だけは担当アナウンサーが書いた。それを前もって提出して、報道部にＯＫをもらっていたと思う。

当時、「三代江戸っ子でなければ、アナウンサーになれない」と言われていたくらいで、

先輩のアナウンサーは、ほとんど江戸っ子だった。ゲートルなんて嫌いだし、国民服なんて格好悪いと。それでも空襲が激しくなると、そうは言っていられない。嫌いなゲートルを巻き、警報を読むために、東部軍へ出かけていく。「しゃあねえなあ。こんな格好で形無しだい！」などと粋がって。

形無しといえば、放送局の食堂には、大豆滓《かす》の入ったぼろぼろのご飯か、カレー粉をまぶした「ちぎれうどん」しかなかったが、こんなものでも食べられるだけましな戦争末期のこと。私たちも、モンペか、ズボン姿のまま仮眠するようになった。家庭の状況も悪くなる一方だ。昨日はAさんの家が焼け、今日はBさんと、次々に家が焼かれる。建物強制疎開になって立ち退《の》かなくてはならず、親類の家を頼って引っ越す人も増えた。「明日は我が身だなあ」と、みんなの表情は暗くなるばかりだった。

戦争のなか、みんなで笑いをつくる

「みんなで演芸大会をやらない？」と、同期の誰かが言った。当時、ラジオから聞こえてくるものは、軍艦マーチの音楽と軍歌と大本営発表だけ、娯楽と言えるものは、時々放送される「前線へ送る夕べ」くらいのもの。なにしろ、「欲しがりません、勝つまでは」の

スローガンが跋扈《ばっこ》していたのだから。

「こんな時だからこそ、自分たちで笑いをつくろうじゃない？」

「渾名を使ったコントをやったらどうかしら」

粋がって、悪い言葉を使ってみせる癖のある秋山《あきやま》さんが言った。

「そう、口うるせえ男どもに、目にもの見せてやろうじゃないの！」

みんな笑いながら賛成し、演芸大会の開催を決めた。

渾名の話はこうなのだ。先輩の男性アナウンサーは、私たち女性アナウンサーをからかって、ひとりひとりに、渾名をつけた。それがひどくユニークで、なかには乙女心を傷つけたものもあった。だから、皮肉を込めた演芸大会を、やってみたいという。

ツヤ子《こ》という名の皆川《みながわ》さんは、艶《つや》っぽいというので、「お通《つう》」。眉毛の濃い早川《はやかわ》さんは、男らしい渾名、「武蔵《むさし》」。姉御肌の水島《みずしま》さんは、「牛《ぎゅう》（牛鍋）屋のお姉《ねえ》」。西村《にしむら》さんは、ドイツの俳優エミール・ヤニングスに似ているので、「ヤーさん」。

私は、ブルーと紺と白の横縞のセーターを着ていたので、ボクサーか、ラグビーのイメージだと、「ボクちゃん」。もしかしたら、男の子というイメージがあったのかも知れない。

ガラ空きのスタジオを借りて、男性アナウンサーを招待し、「演芸大会」を始めた。内容はまず、お通と武蔵の道行き。次は、ボクちゃんとお姉の逢引き。それから「世界に告

ぐ」というドイツの映画をもじったドラマ。

ヤーさんが、俳優エミール・ヤニングスを演じる。若い女性にいかつい男性の名をつけるなんて、と、みんなは怒ったけれど、西村さんは、その分だけ皮肉を込めて演じ、喝采を浴びた。

病床のヤーさんが、目を開け、格調高く言う。「看護婦さん、カーテンを開けてください！」

そして、ヤーさんは祈りを捧げる。「神よ、かの口悪き男性アナウンサーどもから、か弱き女性アナウンサーたちを守らせたまえ、アーメン」

男性たちは、大笑いだ。「口悪き男性どもか。それにちげえねえ」「か弱き女性だって。そりゃおかしいや！」

女性たちは、日ごろの鬱憤を晴らし、さわやかな気分になった。

渾名の傑作は、小原和《おはらかず》さんのものだった。オペラ歌手をめざし音楽学校を出たのに、アナウンサーになってしまった小原さん。つまり、「オハラカズ」は「オペラカシュ」になり損ね、オペラのカスになったので、渾名は「オペラカス」。

「それはひどい！」と、普通なら騒ぎになるところだが、そんなみみっちいことで文句を言う女性ではない。小原和は「おかしいな。アハハハハハ！」ですましたのだから、ふ

ところの深いこと、心の広いこと。その上、演芸大会では、その豊かな声で、アリアを歌って聞かせたのだから、楽しいひとときだった。

お先真っ暗な、ともすれば湿りがちな毎日、みんな頑張って何とか生きていた。健気な！と言うほかはない。辛いこと、苦しいことを愚痴るのは、野暮《やぼ》というもの、「だって聞くほうも辛いじゃないの？」だから、「たいしたことはないさ」で、相手を気遣ってやる。

「そんな気位を持ちたいねえ」と、誰かが言った。

東京のアナウンス室には、その時、先輩の女性アナウンサーが二人おられた。一人は赤《あか》沼《ぬま》ツヤさんで、もう一人は長尾綾子《ながおあやこ》さん。このお二人のうち、赤沼ツヤさんは、それからまもなく三月の東京大空襲の時、明治座に逃げ込んで亡くなられた。アナウンサーになって四か月、つい昨日までそこにおられた赤沼さんの死には、戦争が迫ったことを身近に知らされることになった。

当時のアナウンスは、録音技術が発達していないので、ほとんどナマ放送だ。内地向けの中波放送が終わった後、海外向け短波放送をする。東亜向け、戦地向けなど、みんな真夜中だった。海外向けの時は、警報が出ても放送は続けた。仮眠をとる場所はあったが、

時々、机の上で寝たりしながら放送の仕事に当たった。
子供向けの番組は、昭和二十年四月から、「少国民の時間」だけになった。「戦時保育所の時間」も、三月三十一日の「なわとび」（田村《たむら》しげる）の放送を最後に中止になり、「学校放送」も中止、たった一つ残った「少国民の時間」も、警戒警報や空襲警報で度々中断した。どのくらいの頻度だったかというと、昭和二十年一月から終戦の日まで、東京には三百十六回の警戒警報と、六十六回の空襲警報が発令されている。実際、放送されたのが、どのくらいあったのかは判らない。こうして、子供のための番組は、ほとんど休止となり、「少国民の時間」だけが放送されていた。しかしその番組内容は、戦争の色、一色である。

一月二日　「決戦の年」　海軍中佐・山県武夫《やまがたたけお》
一月十日　朗読「ハワイ空襲の感想」　小山源喜《こやまげんき》
一月十三日　「国を護った傷兵護れ」　岸辺福雄
〈東海地方に大地震、死者千九百六十一人（三河地震）〉
一月二十八日　「フィリピンの子供たち」　田村潔
食卓の科学「ペニシリン」　陸軍軍医大佐・出月三郎

二月八日九日　劇「白虎隊」　宮津博《みやつひろし》作、劇団東童
二月二十三日　少国民の科学「艦載機」　航空研究所員・糸川英夫《いとかわひでお》
三月十日　軍歌と吹奏楽・行進曲「大航空」他　陸軍軍楽隊
〈東京大空襲（死者約十万人に上る）〉
三月十日十一日　連続物語「敵中横断三百里」　山中峯太郎《やまなかみねたろう》作、内村軍一《うちむらぐんいち》
三月十四日　劇「臥薪嘗胆」　久松保夫他
三月十七日　〈硫黄島の守備隊玉砕〉
三月十八日　〈国民学校初等科を除く全国の学校の授業を四月から一年間停止とすることを閣議決定〉
三月二十六日　連続劇「開墾少年団」　福田清人《ふくだきよと》原作、劇団東童
三月三十一日　少国民の科学「焼夷弾」　工博・眞島正市《まじままさいち》
四月二日　「決戦下の少国民」　文部参与官・三島通陽《みしまみちはる》
四月二十二日　音の漫画集「山へ落ちたB29」　古川緑波《ふるかわろっぱ》他
五月十三日　クラリネット独奏「春の歌」　進五郎
物語「沖縄の古い話」　木崎豊《きざきゆたか》
五月十四日　〈名古屋爆撃〉

五月二十日　詩吟物語「高杉晋作」　石井宗吉作、清水元
五月二十四日　大東亜地理「ジャワのお話」　横山隆一《よこやまりゅういち》作、山野一郎《やまのいちろう》

〈東京空襲、皇居炎上〉

放送会館、焼夷弾の火に囲まれる

五月二十四日の未明、私はひとり、目黒の慶三叔父の家にいて、空襲に遭った。逃げる途中、焼夷弾の火の粉が降ってくるので、防空頭巾がぶすぶす燃える。そこで頭から水をかぶりながら目黒川まで走った。

朝になり叔父の家に戻ってみると、すっかり焼け落ちて土台しか残っていない。とにかく放送会館まで行こうとリュックサックを背に目蒲《めかま》線の駅へ行ったが、動いていない。線路を伝って目黒駅へ行くと、ここも電車は止まったままだ。ままよ、内幸《うちさいわいちょう》町まで行かねばなるまいと、重いリュックサックをずり上げながら歩き、ようやく放送会館に辿《たど》り着いた。

「お、あんたも焼け出されたな」アナウンス室では、みんなにやさしく迎えられ、ほっと一息ついた。その日は、徳川夢声の物語の紹介アナウンスなどをしたので、家の両親は、

その声を聞いて私の無事を知り、安心したようだ。

翌日の二十五日、再び勤務なので、深夜の短波放送を済ませ、宿直場所になっている会館前の胃腸病院に行こうとした時、地響きのような空襲警報のサイレンが鳴った。「えーっ、また?」外へ出たばかりの私は、あわてて会館に戻った。

間もなく、B29爆撃機の大編隊が、轟音と共に現われた。近くの屋上の高射砲が凄《すさ》まじい音を立て、空を覆うようなジュラルミンの物体が、サーチライトに照らされながら通過していく。その様子は、恐ろしいというより、美しいとさえ思えた。

ばらばら、ばらばら、音を立てて、雨のように落ちてくる焼夷弾。地上につくと、発火し、めらめら燃え広がり、一帯が火に包まれる。窓からのぞくと、会館の前にとまっているトラックの荷台が火に包まれ、胃腸病院のビルに絡まる蔦《つた》の葉がちらちら燃え始めた。周りじゅうが火で、道路の真ん中を、燃え滓が川のようになって流れていく。

「私たち、ここから出たら、死ぬわね」私と同期の来栖《くるす》アナウンサーは会館の中から、火を見つめていた。そのうち、北側の窓に火が入りそうになったとの知らせに、みんなで協力して水につけた布団を窓枠に押し込む。一番若い川鍋《かわなべ》さんがホースを手に下の階の車庫の屋根に下り、燃える小屋に向かって水をかけた。でも、その川鍋さんが焼けそうになったので、彼に水をかけ、みんなで火に立ち向かった。

どのくらいの時間がたったのだろう、外の火が下火になったらしいので、みんなほっとして腰を下ろした。ところが部屋は水浸し、靴はずぶ濡れ、顔は煤《すす》だらけになっている。お互いの顔を見あって、思わず笑いがこみあげた。

その日は、日の出の時間になっても、太陽が見えない。曇りかと思ったが、そうではないのだ。そこらじゅうが焼け、煙で太陽が見えなかったのである。暫くして屋上から眺めると、内幸町から、虎ノ門の文部省あたりまで見通せるほど、一面焼け野原になっていた。

朝、地方局への「ライン送り」（各中央放送局とつながる有線での連絡）が無事に出来ると知った私たちは、その部屋へ飛んでいった。津田《つだ》アナウンサーが晴れやかな顔でマイクに向かっている。

……よかった。地方局と連絡が取れる。

「昨夜、東京は大変な空襲で、この辺も焼夷弾攻撃にあったのですが、放送会館は無事でした」

そのアナウンスを聞いて、「私たちが会館を守ったんだ」と、みんなでうなずきあった。

鉄兜《てつかぶと》の演奏、平岡養一《ひらおかよういち》

何の番組だったのか、今では思い出すことが出来ないが、平岡養一の木琴演奏があった。もしかしたら、海外向けの短波放送だったのかもしれない。警戒警報が出ていたせいか、彼は、頭に鉄兜をかぶって演奏を始めた。彼の演奏は実にダイナミックで、変化に富んでいる。左右に動きまわり、飛び上がったり、間で撥《ばち》を替えたりする。鉄兜は重いはずだから、邪魔なことこの上ない。その上、ズシーンと、どこからか地響きがしてきた。近くのビルの屋上にある高射砲の音だろうか。スタジオに振動が伝わってくる。テーブルのうえの電灯がちらちら明滅する。

でも、平岡養一の演奏はよどみなく続いている。頭の兜がずれて斜めになっても、木琴演奏は止まらない。そうして、番組は無事に終わった。

「よかった！」

私にはこの時の平岡養一の懸命さが、とても心に残っている。

終戦の日までの「少国民の時間」の内容

これは昭和二十年の「少国民の時間」の番組名だが、警報で中断されたりして、完全に放送が出来たのはどのくらいあったのか、今では判らない。

六月七日　物語「三代目の加藤隼戦闘隊」富田仲次郎《とみたなかじろう》
六月八日　陸軍前線基地録音隊記録「戦ふ少国民へ」
六月二十三日　録音「満州国民学校の一日」新京大和通国民優級学校児童
〈義勇兵役法公布（十五歳から六十歳の男子、十七歳から四十歳の女子を国民義勇戦闘隊に編入）〉
〈沖縄の守備隊玉砕〉
六月二十四日　物語「壇の浦の鬼火」加藤精一《かとうせいいち》
六月二十九日　お話「蟹のこども」島崎藤村《しまざきとうそん》作、七尾伶子《ななおれいこ》
六月三十日　お話「牛島中将の歌」下村湖人《しもむらこじん》
七月二日　朗読「特攻隊と少年」巖金四郎《いわおきんしろう》

七月三日　〈主食の一割減配を閣議決定（二合一勺となる）〉
七月七日　物語「金鵄勲章と徳利」　富田仲次郎
七月九日　少年講談「愛馬いづこ」　田辺南鶴《たなべなんかく》
七月十四日　〈東北北海道空襲〉
七月二十四日　劇「紙の爆弾」　北町一郎《きたまちいちろう》作、劇団東童
七月二十九日　お話「合言葉」　久留島武彦
七月三十一日　童話「伊作少年の奮闘」　金沢嘉市《かなざわかいち》
八月五日　歌とお話「早起き朝顔」　椿澄枝《つばきすみえ》他
劇「勘太郎物語」　巖金四郎他
八月六日　飛行機教室「地下の飛行機工場を訪ねて」　萩原忠三
〈広島原爆投下〉
八月九日　〈ソ連参戦〉
〈長崎原爆投下〉
八月十日　音楽と朗読「雄々し吾が子」　石森延男《いしもりのぶお》作、巖金四郎
八月十一日　飛行機教室「特攻基地を訪ねて」
物語「兄はニューギニアに弟は沖縄に」　高木俊朗《たかぎとしろう》作、内村軍一

八月十三日　兵器教室「手榴弾」　工博・眞島正市
八月十四日　物語「東洋武俠団」　長浜藤夫

反乱軍の予測「その時は身を守りなさい」と教えられる

八月十三日の夜、私は宿直勤務なので、夜中の短波放送を担当した後、少し休んで朝、アナウンス室に行った。すると、浅沼《あさぬま》アナウンス室長が、「女子アナウンサーだけ集まるように」と言う。何かしらと思いながら、居合わせた何人かで部屋に行った。

浅沼室長は茶目っ気のある人で、いつも江戸っ子らしいユーモアでみんなを笑わせている方だった。その浅沼室長が、いつになく真顔でみんなを見回すと、ぼそりと言った。

「日本は、負けたよ」と。

私は頭が真っ白になった。いろいろな思いが頭を駆け巡り、何を考えたらいいか判らなかった。

「そのためのご詔勅が、明日くだる。私の考えでは、こうした時には必ず反乱軍が起こる。そうなった時に、あなたたちはどうするか、どうしたらいいのかを、考えておきなさい」

反乱軍？　そんなことは頭にもなかった。返事も出来ない私たちに、浅沼室長は続けて

言われた。

「いいか、蹶起《けっき》した反乱軍が放送局に来て、この原稿を読めと言ったら、あなたたちはどうする？　ピストルを突き付けられて、彼らの書いた原稿を読めと言われたらどうするのだ？」

一瞬、私は思った、読んではいけないのかもしれないと。兄の教科書に、「死んでも、ラッパを口から離しませんでした」という、木口小平《きぐちこへい》の話が載っていたのを思い出したからだ。そのことは、ずっと頭に焼き付いている。

しかし、浅沼室長は、はっきり言った。

「いいかい。あなたたちは自分の身を守りなさい。ピストルを突き付けられて、この原稿を読めと言われたら、読みなさい。自分の身を守ることだよ」

……自分を守る、守っていいんだ。

私には、浅沼室長の言葉が重く響いた。それまで、自分も人も、守れない日々だった。

そのことを思い返していた。

戦後、だいぶ経ってから、私は浅沼さんに聞いた。

「日本は負けたということを、あの微妙な時期に、よく言ってくださったと思って……。

そんな話が外に聞こえたら、浅沼さん自身、危険な目に遭うかもしれなかったでしょうに」

浅沼さんは、一瞬照れくさそうな目をしたが、それから真剣な顔になって答えられた。

「そりゃあねえ、君たちを助けたかったからだよ」と。

そうなんだ。浅沼さんが教えてくれなければ、軍国少女の私たちは、反乱軍のピストルの前に出たかもしれない。実際には、反乱軍が放送会館を急襲してきた時に対決したのは、館野《たての》アナウンサーらだったが、一歩間違えば女性たちも巻き込まれていたかも知れないのだから。浅沼さんが救ってくださったのだと、私は思っている。

このことを書いた毎日新聞社の「世界史の中の一億人の昭和史　6東西対立と朝鮮戦争」のコピーを送ったところ、浅沼さんは次のようなはがきをくださった。

「あのような事を知っている人がいま何人いるでしょうか。

それだけに、あの原稿の歴史的価値はいずれNHKでも評価されるでしょう。

切にご自愛を祈る」

八月十四日、羽生の家に戻った私は、父に敗戦のことを話したが、父は「そうか」と一

言、言ったきりだった。父は、口には出さなかったが、そのことを予想していたのだと思った。

でも、もうひとつ、思いがけないことが起こった。その夜の熊谷の空襲だ。私の町、羽生の上をB29爆撃機の大編隊が通っていったのだ。「何故、今夜、空襲をするの？　終戦と判っているのに、何故なの？　何故こんなことをするの？」

私は怒りで一睡もできなかった。熊谷には、私の学校時代の友達もたくさん住んでいる。私はそのことが気がかりで、自分の膝小僧を抱え、震えていた。

八月十五日の朝、あの日は空が真っ青で、ギラギラと照りつける太陽が暑かった。人声が聞こえず、蝉の声だけが聞こえた。そして私は、心も体も全く空っぽだった。

四、終戦直後の混乱期

CIE主導の「婦人の時間」のアナウンサーに選ばれる

昭和二十年（一九四五年）八月十五日水曜日正午、天皇陛下のご詔勅がラジオで放送された。

「かしこくも天皇陛下におかせられましては、万世のために太平を開かんとおぼしめされ、きのう政府をして米、英、支、ソ四国に対し、ポツダム宣言を受諾する旨、通告せしめられました」

和田信賢《わだのぶかた》アナウンサーの、折り目正しく格調高いアナウンスを、私はただ頭を下げて聞いていた。日本中が耳を傾けて聞いているなか、和田アナウンサーは少しも動揺することなく、難しい用語を使いながら、優しく穏やかなアナウンスで、敗戦を告げていた。私は

この放送を、埼玉県羽生町の家で、父母兄弟たちと一緒に聞いた。みんな無言だった。NHKの「確定番組表」を見ると、この日は、予定された番組すべての上に斜線が引かれ、「和平発表に付き中止」と書かれている（敗戦でなく、和平となっていた）。そして午後七時二十分のところに、〈「大詔を拝して」内閣総理大臣　鈴木貫太郎《すずきかんたろう》〉と書いた紙が貼ってあった。ラジオの一般放送はそれから十日間の休止、映画演劇興行は一週間の停止、演芸場は月末まで休業になった。あらゆる音がない沈黙の時間、太陽だけがじりじりと照りつけ、蟬の声だけが喧《やかま》しく聞こえた。

何日かして、私たちアナウンサーは出勤し、話し合った。これからどうなるのか、誰にも判らない。何も手につかない私たちは、あちこちに群れてお喋りをするだけだった。そんな中で、ひとりの男性がこんなことを言った。

「これから、大勢の兵隊が復員してくる。彼らは職がないと暮らしていけない。でも、あんたたち女性は、家へ帰れば暮らしていける。だから、その人たちのために辞めるといい」

私は驚いた。私たちは戦争中、男性と同じに、空襲のなかで働いてきた。それなのに、男性が戻ってきたら彼らのために席を譲れと言う。私たちは彼らの代用品だったのか。確かに、ミクサーの補助要員として何人かのアルバイトの女性たちがいたが、私たちアナウ

ンサーは、筆記試験と音声試験を通って、正規に職員になった。代用品ではない。そんな思いが頭の中で交錯したが、私は十六期生のなかでは一番の年少だ、声高に主張することが出来ない。年長の方の考えに任せるしかなかった。

ところが、年長の方のなかで決められたのは、全員辞表を提出することだった。何故そうなったのか、理由がわからない。それでは初めに発言した男性の思う通りではないか。しかし、年少組の私たちは、意見を言うことさえ出来ない。情けない気分で、決められたことに従うしかなかった。東京組十人、浅海富美江、小原和、皆川ツヤ子、来栖琴子《きんこ》、水島富枝《とみえ》、鈴村康《すずむらやす》、秋山法子《のりこ》、石原久子《いしはらひさこ》、早川宏《ひろ》、小島照子、全員が辞表を書いて、和田アナウンサーの前に置き、アナウンス室を出た。

しかし何日か後、浅沼アナウンス室長に呼び出され、「戻ってくるように」と言われた。辞職した十六期生の中から、改めて四人採用することになったという。これまでの騒ぎは、いったい何だったのか。局側の意向に添った、誰かの動きだったのか。

今になって考えると、当時の女性アナウンサー十人は、多過ぎたのだろう。そこでそれを減員しようという考えがＮＨＫ側にあり、その結果、全員辞表、続いて四人採用となったのだろう。

辞めた人たちはその後、いろいろな仕事についた。作家として活躍した近藤《こんどう》富枝（旧

姓・水島)、TBSの「婦人ニュース」を担当した後、労働組合の副委員長を務めた来栖琴子、文教大学女子短期大学部教授になった荒牧富美江(旧姓・浅海)、作曲家、磯部俶《いそべとし》と結婚し、音楽活動に明け暮れた磯部和(旧姓・小原)、変わり種では、相撲茶屋の女将をした錦島《にしきじま》法子(旧姓・秋山)、みんな、その人らしい仕事をしている。

敗戦のご詔勅の十日後の八月二十五日に、ようやく子供向けのラジオ番組が再開された。GHQによる放送停止が終了したのだ。人々の間に、小さな安らぎ、ささやかな憩いが戻ってきた。音のない世界がどんなに空虚なものか、思い知った十日間だった。

「少国民の時間(子供の時間)」の内容。

八月二十五日　「童謡のメロディー」アコーディオン独奏　小暮正雄《こぐれまさお》
八月二十六日　管弦楽「靴が鳴る変奏曲」他　東京放送管弦楽団
八月二十七日　お話「少国民の皆さんへ」　文部大臣・前田多門《まえだたもん》
八月二十八日　お話「天気予報と台風の話」　理博・和達清夫《わだちきよお》
八月二十九日　お話「原子爆弾」　理博・藤岡由夫《ふじおかよしお》

それから一か月近くたった九月二十日、GHQのCIE（民間情報教育局）の人たちがNHKにやってきた。彼らは四階までを接収し、指導に当たるという。内玄関の前にはアメリカ人のMPと日本人の憲兵とが立ち、そのまわりには、まだ空襲時の名残りの土嚢《どのう》が積んであった。私たちは五階から上に移動し、ごみごみした狭いところで仕事をすることになったが、彼らは大きなスペースに陣取り、奥さんの写真などを飾り、コーヒーの匂いと葉巻の匂いをさせながら、颯爽と仕事をこなしている。私たちが、差し入れで貰った干し魚などを電熱器で焼くと、彼らはその匂いを嗅いで、「日本人は野蛮だ！」と言ったとか……。「これが敗戦国という現実なのねえ」と、情けなく思いながら、個々の番組の放送再開を待つ日々だった。

十月一日、NHK制作の「婦人の時間」が放送された。箏曲《そうきょく》の「六段」が緩やかに流れ、アナウンサーは先輩の長尾綾子だった。ようやく、私たちの番組が始まるのだと、嬉しい気持ちで聞いた。

ところが、この放送を聞いたCIEは、「旧態依然で、民主主義を伝える新しい番組になっていない」と怒ったという。そこで彼らの指導による「婦人の時間」を制作しようと、プロデューサーに江上《えがみ》フジを選んだ。アナウンサーはオーディションをする。しかし、アナウンス室の飯田《いいだ》アナウンサーは反対した。「アナウンサーはプロなのだから、オーディ

ションをするなど、とんでもない！」と。だが、相手はそんな意見が通るはずもないCIEだ、しぶしぶオーディションを了承し、何故か一番年少の私が選ばれた。

そんな事情なので、アナウンス室では詳しいことは判らない。とにかく私は「婦人の時間」のスタッフの中に飛び込んだ。

江上プロデューサーの指示で私が書いた、「婦人の時間」の日誌が残っている。

そこに書かれたスタッフの名前を見る。

プロデューサー・江上フジ。アシスタント・前田順子《まえだじゅんこ》、森田麗子《もりたれいこ》。渉外・岩井《いわい》イト。

アナウンサー・小島照子。スクリプト・山本《やまもと》ルミ、谷口淳子《たにぐちじゅんこ》。

講演担当・大中健三《おおなかけんぞう》、松澤智恵《まつざわちえ》、中村康雄《なかむらやすお》、樋口撤也《ひぐちてつや》、川村康子《かわむらやすこ》、長堀二三《ながほりふみ》、根本良雄《ねもとよしお》。

音楽担当・野田晴子《のだはるこ》、武田千重子《たけだちえこ》。演芸担当・堀江乙雄《ほりえおつお》、森永武治《もりながたけはる》、宇井英俊《ういひでとし》。

ニュース・寺本《てらもと》。

十月十日、CIE主導による放送初日の日誌には、次のようなことが書かれている。

「十月一日から始められた『婦人の時間』は、今日からNBCオルソン氏（CIE）の新しい演出で始められた。午前十時から第四スタジオでテストを行う。開始音楽は『愛国の花』。

明るく賑やかに始まり、（音楽が）一度低くなって、私のアナウンス。再び大きく盛り上がり、再び小さくなり、そしてアナウンス。音楽、だんだん小さくなり、アナウンスと共に終わる……。そのきっかけを、オルソン氏よりいただく。何度も何度もやり直し、オーケーが出た頃には、十二時になっていた」

日誌によると、私のアナウンスのキュー（きっかけのサイン）を出したのは、ＣＩＥのオルソン軍曹だったが、彼はＮＢＣ（アメリカの三大ネットワークの一つ）のディレクターでもあったようだ。彼が英文の原稿を手に、日本語の台本を持った私にキューを出す。不思議な場面だが、それで放送が進行した。

機材が古く、プレイヤーは空回りをしたり、止まったり、オルソン氏が何度も「駄目だし」をしたが、機材が古いのだから如何ともしがたい。

十月十日、午後一時、時報の後、テーマ音楽「愛国の花」が流れ、私の「婦人の時間でございます」のアナウンスで、番組は始まった。終戦後、軍歌はすべて禁止されているので、従軍看護婦の歌といわれた「愛国の花」も当然禁止のはずだが、メロディーが美しいといってＣＩＥの担当者が選んだ。歌詞は放送されないが、次のようなものだ。

真白き富士の　気高さを　心の強い　楯として
御国に尽くす　女等《おみなら》は　輝く御代の　山ざくら
地に咲き匂う　国の花

（福田正夫《ふくだまさお》詞、古関裕而《こせきゆうじ》曲）

終戦直後、すべての軍歌が禁止されたなかで、この歌を聞いた人たちは、複雑な思いだったに違いない。また、新橋の「飛行館ホール」で、戦後初めて「婦人の集い」という公開放送をした時、幕開きでナマ演奏したのが、この「愛国の花」だった。講演が婦人運動家として活躍した矯風会の久布白落実《くぶしろおちみ》、神近市子《かみちかいちこ》で、演題が「新しい婦人の進む道」だから、不思議なオープニングだったといえよう。

さて、「婦人の時間」の放送初日の日誌には、次のように書いてある。

「すべて秒単位で行われるので、気疲れがしたが、スタジオの雰囲気で、気楽にやれたのは嬉しかった。惜しむらくは、アナウンス原稿、固かりしことよ（スクリプトライターが書いた原稿なので）。でも、オルソン氏はじめ、管弦楽団員、すべて気が合って、ぴったりやれたのは、実に気持ちがよかった」

ＮＨＫ16期アナウンサー入所式。２列目右から２番目の横縞セーターが著者。
昭和19年10月

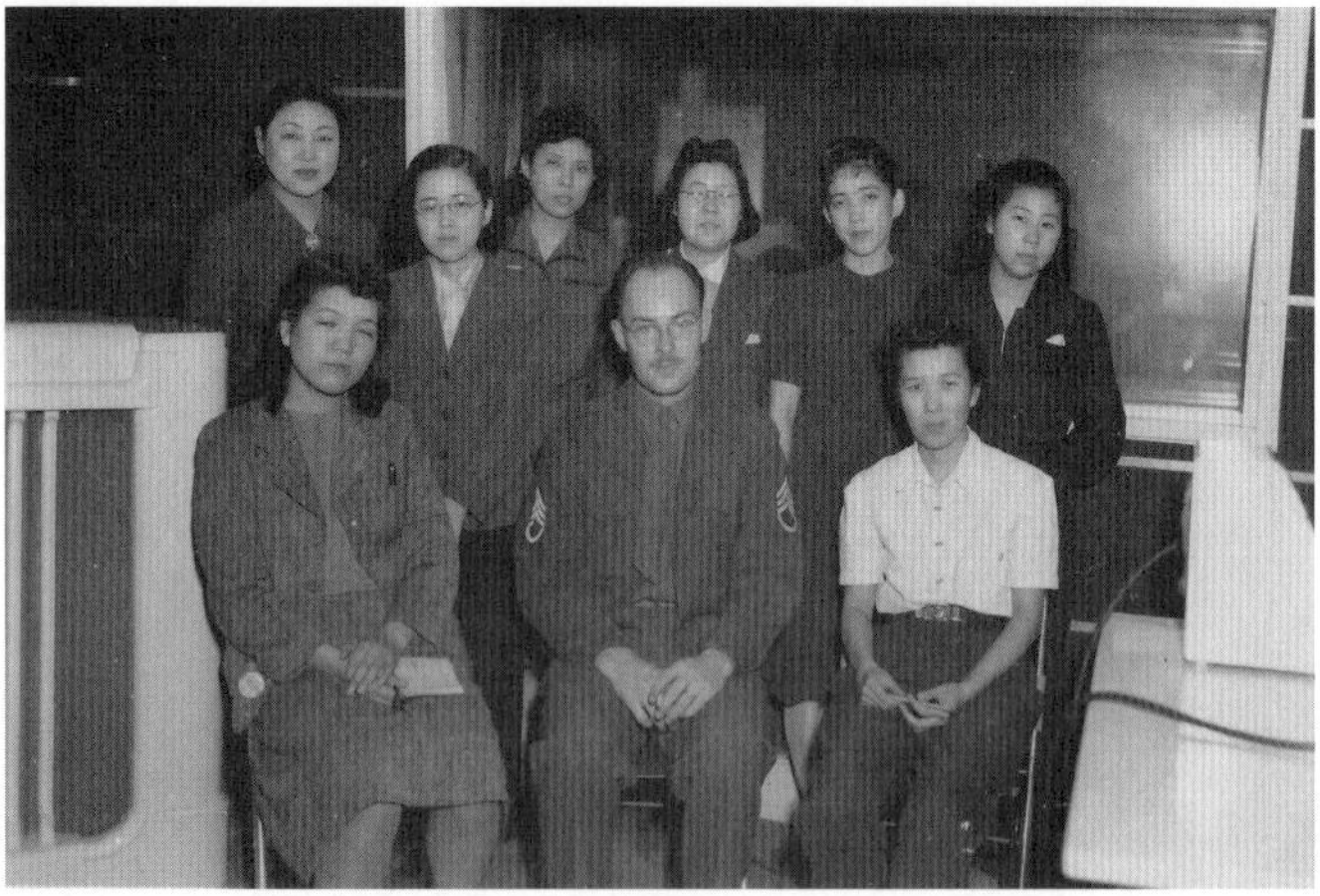

後列左から順に、岩井イト氏、川村康子氏、前田順子氏、長堀二三氏、森田麗子氏、野田晴子氏。
前列左から順に、著者、オルソン氏、江上フジ氏。昭和20年11月頃、ＮＨＫ副調整室にて

三十分の番組内容はこうだ。
管弦楽「ばらのタンゴ」 東京放送管弦楽団、指揮・岡村正雄《おかむらまさお》
朗読「母と娘」 深尾須磨子《ふかおすまこ》、綱島初子《つなしまはつこ》
管弦楽「小鳥の国」
メモ「紙タドンの作り方」 長堀教養部員
音楽「コロラドの月」
ニュース 岡野拓《おかのたく》アナウンサー
お手紙 小島照子アナウンサー

何もかも不足ななかで、精一杯いい番組を作ろう、みんなそんな気持ちだった。戦争で、ほとんどの番組が中止になった。その残念な思いをぶつけてみよう、そんな思いに駆られた。だから、「婦人の時間」の放送が終わった時、みんなの笑顔がはじけた。「よかった！」「やった！」ＣＩＥのオルソン氏も、同じいい笑顔だった。

「婦人の時間」の出演者の顔ぶれを見てみる。

加藤《かとう》シヅエ（婦人運動家）、壺井栄《つぼいさかえ》（作家）、市川房枝《いちかわふさえ》（婦人運動家）、神近市子（婦人運動家）、宮本百合子《みやもとゆりこ》（プロレタリア作家）、氏家寿子《うじいえひさこ》（日本女子大学教授）、西村孝次《にしむらこうじ》

（英文学者）、片山哲《かたやまてつ》（日本社会党委員長）。

どの方も、「女性はこれからどう生きるべきか」という話をされた。名前を挙げると、すごいメンバーだが、具体的な内容については、あまり覚えていない。恐らく私は、番組を進行することで精一杯だったのではなかろうか。しかし、加藤シヅエと宮本百合子の二人だけは、印象に残っている。

加藤シヅエは、にこやかな女性的な物腰の方で、それまで聞いたこともない、産児制限について話をされた。宮本百合子は、庶民的で、何でも相談できるお姉さんといった感じだった。共産党の宮本顕治《けんじ》夫人と聞いていたので、緊張して対応したが、堅い感じは微塵《みじん》もなかった。私はこうして、「婦人の時間」の進行役をつとめながら、新しい考え方を、ひとつひとつ学んでいった。


終戦直後、他にはどんなラジオ番組が放送されていたのだろう。ＣＩＥ主導の「婦人の時間」は、昭和二十年十月十日に開始されたが、それより前の九月に、「街頭録音」の前身であるインタビュー番組「街頭にて」が、藤倉修一《ふじくらしゅういち》アナウンサーの司会で放送され、翌二十一年一月には「のど自慢素人音楽会」がスタート、同年十二月には「話の泉」が徳川夢声の司会ではじまったが、すぐ和田信賢アナウンサーにバトンタッチされた。

昭和二十一年、日本はどんな社会状況だったのだろう。私は戦後五十年という節目の年である平成七年に、朝日放送と朝日新聞社が主催したシンポジウム「検証　戦後放送の黎明」にパネリストとして登壇し、当時のGHQ民間通信局調査課長、クリントン・A・ファイスナー氏の話を聞いた。彼は、ミシガン大学、ジョージタウン大学ロースクールなどで、国際法、日本政治などを学んだ方だが、その頃の日本について、次のように語った。

「私は一九四六年の六月十日に日本に着きまして、横浜の港から東京までバスに乗りました。

そのとき見た光景は正に衝撃的でした。私は茫然とし悲しくなりました。かつて重工業地帯として栄えた地帯は広大な瓦礫の原と化してしまい、ちらほらと煙突が残っているだけという有様でした。日本は正に極貧の壊滅的状態にありました。

社会的な面では人々は失意のどん底でした。多くの人が住む家を失い、食糧は欠乏し、失業者がたくさんいました。私は丸の内にあるホテルの三階に住んでいましたが、その建物から向かいの三菱銀行が見えました。私はいつも早起きしてたんですが、ある朝、とても早く目が覚めて窓から外を眺めていました。銀行の管理人がやってきて、銀行の入り口のところに新聞紙にくるまって寝ている子ども達を起こしていました。その子達は年の頃五、六歳から八歳、九歳といったところでしょうか。

ある日、私は、第一生命ビルにあるオフィスからホテルに歩いて帰りました。ホテルの裏口にさしかかると、その子ども達がホテルのゴミバケツを漁っているではありませんか。捨てられたゴミの中から食べ物を探してたんです。正式なルートで問い合わせをしたところ、彼らは孤児院から逃げ出したという返事でした」

私は、当時の日本を思い出した。

「街頭録音」の放送が始まった五月には、メーデーが復活した。世田谷区では、「米ヨコセ区民大会」があり、駅の地下道には、戦災孤児や、アコーディオンを弾く傷痍《しょうい》軍人の姿がみられた。

あの頃の放送は、たったひとつの娯楽だった。食べるものも、着るものも足りないだらけのなかで、頑張って、放送の仕事を続けていたのだと、しみじみ思い返していた。

「女性改造」誌の林芙美子《はやしふみこ》のエッセイ

作家の林芙美子が、昭和二十二年に「ラジオと停電」というタイトルで、「女性改造」誌にエッセイを書いている。「こんなに毎日々々停電では放送も聴けないし、むしろ、停電の嘆きから書かなければ始らない気持です」と、当時の停電のことが書いてあり、昭和

二十一年から放送されている「話の泉」が楽しみで、司会の和田信賢アナウンサーの人柄や魅力が述べられていた。また、「街頭録音」はいい試みで、藤倉アナウンサーの明朗な声と、ウイットに富んだお喋りがよく、得難いアナウンサーだと記されている。

実は、その後に、私に関する文章があった。

「ある日、放送局の近くのお茶の店で、婦人の時間のおなじみの女のアナウンサーの方が、女のお友だちとお茶を飲んでいました。あっ、あのひと、お茶を飲むのかしらと不思議に思うほどでした。いつだって、その女のアナウンサーの方は、婦人の時間には、私たちの耳にやわらかく話しかけてくれますし、実に忠実なほどよく働いているひとなので、つい、明るい、思いがけないところで、娘々した人間味を拝見しては、私もついほゝえましくなり、ほろりとしました。婦人の時間のプログラムは、私も時々関係をもつせいか、この時間の編成はとても注意深く聴きます。陽の射さない暗いスタジオで働くひとびとの健康も私には考えられます。体がまいってしまいそうな仕事に思えるからです」

新橋田村町の交番の近くに和菓子を売る小さなお店があり、気さくなおばさんがいて、行くと必ず、お茶を入れてくれた。私は仲間たちとこの店へ行き、お菓子を食べ、お喋りをした。喫茶店など、あまりない頃だ。

この文章を読むと、くつろいで、のんびりお菓子を食べ、お喋りをしている私が浮かぶ。

そんな私を、黙って見ている林さんの優しい眼差しを感じ、嬉しくなる。「娘々した人間味」と書かれたところでは、私にもそんな時代があったのだなあと、ほろりとする。

でも、懸命に働いてはいたけれど、何も判っていない娘だったと少々恥ずかしい。確かにスタジオの空気は澱《よど》んでいたし、照明も暗かった。彼女は、そこで働いていた私やスタッフに、温かな目を向けてくださった。細やかな心遣いの方だと思った。

「甘いお汁粉をご馳走されても」という選挙メモ

昭和二十一年、戦後初の総選挙で、女性は初めて参政権を行使出来ることになった。番組では、投票を呼び掛けるための「選挙メモ」を読んだが、これをスクリプトライターの守谷《もりや》ルミ（旧姓・山本）が覚えていて、次のように書いてくれた。

「四月十日の投票日が近づいてまいりました。

私ども日本の婦人は、これまで喜びも悲しみも自分のめぐりあわせとしてひとり生きてまいりました。

しかしこの度の総選挙で長い念願であった選挙権が婦人にも与えられました。選ばれた議員によって制定される民法は、家庭、結婚、離婚すべてに影響を与えます。どのような候補者を選ぶかによって今後の私たちの生活は大きく左右されるのでございます。

候補者はお決まりになりましたでしょうか。

『甘いお汁粉をご馳走するからね』と言って、その代わりに、『誰々さんに入れてください』と頼まれたりすることや、反対に、『お汁粉をおごるから、この人に入れてください』と頼むのはいけないことです。相談することはあっても、必ずご自分の判断で候補者を選ぶことにしたいものでございます」

「えーっ、甘いお汁粉で買収されないように、ですって？」

今の方が聞いたらびっくりするようなメモだが、お汁粉などは高嶺《たかね》の花、全く手に入らない時代だった。

「紙タドンの作り方」のメモ

「婦人の時間」の初日の放送内容に、「紙タドンの作り方」というメモがある。タドンなんて、今の方は恐らく知らないに違いない。炭と一緒に火鉢に入れる丸い燃料だが、炭よりも安くて火持ちがする。木炭や石炭の粉末にふのりを混ぜ、球状に固めて乾かしたものだ。戦後は物資が不足して、そのタドンさえ手に入らなかった。

都市ガスはあった。でも、昭和二十年代、結婚を機に移り住んだ浦和では、朝と夕方だけしか供給されなかった。それに、私の実家の羽生では、ガスも引かれていなかったので、ご飯を炊くのは竈、燃料は薪。お釜は、煤で真っ黒になって、それを落とすのが大変だった。

「紙タドンの作り方」というのは、ガスも出ない、炭やタドンも不足なので、紙でタドンを作ってはどうかというメモだ。何とつましく、侘《わび》しいことだろう。

また、幼児番組にレギュラー出演されていた徳山寿子《ひさこ》さんが、昭和二十一年九月に「婦人の時間」に出られたときの台本を保存しておられ、ある時それを私に託された。彼女はすぐれた音楽家で有名な歌手、徳山璉の夫人である。彼女が持っていたその台本に、「家

事手帳」というタイトルで家事についての質問と答えがあった。

「質問
大事にしまっておいた小麦粉が、出してみましたら、酸っぱくなってしまいました。何とか食べる方法はありませんでしょうか」

「答え
粉類は貯え方を余程うまく致しませんと、発酵して酸っぱくなります。

ただ、今のような場合として、何とか、この貴重な食料を粗末にしないよう、工夫して食用に使わなくてはなりません。その一つの方法を申し上げましょう。

まず、はじめに、重曹を普通蒸しパンを作る時と同じ分量ぐらいで水に溶いておき、これで粉を捏ねると、大抵の酸っぱみは消えます。これで蒸しパンやホットケーキなどを作りましても、相当よく膨らみます。また、七輪の灰などのように性質のよい灰を、灰一、水三の割合で溶き、この綺麗に澄んだ上澄み液で捏ねると、よろしゅうございます。

なお、酸っぱくなったソバ粉も、この方法をお試みくださいませ」

このメモを見ると、冷蔵庫もないなかで懸命に暮らす、健気な主婦たちの姿が見えてくる。

民主主義をどう受け止めたか

「戦前の全体主義教育を受けてこられたあなたが、民主主義をどう受け止めたのですか？」と聞かれる。私のように、長いこと戦前の教育を受けて来た人間は、民主主義を、そう簡単に受け止めることは出来なかった。だって、全体主義の教育が、全く当たり前のように、日常生活のなかに入っていたのだから。

「民主主義は、どのくらいして身についたのでしょう？」

実はその質問で、思い出したことがある。戦争中、宮城前を通る市電の中では、車掌が必ず「宮城前でございます」とアナウンスをし、みんな宮城に向かって敬礼することになっていた。今の若い方が聞かれたら不思議に思うだろうが、こんなことも当たり前に行われていた。日頃、東京に暮らす人間は、ほとんど儀礼的に礼をしていたところ、地方から来られた方が、感動の面持ちで言ったのだ。

「東京にいる方は、こうして毎日、宮城を拝めて、羨ましいですねえ」と。

みんな少々鼻白み、こんな方もいるのかと思った。ところがこの方は、戦後になると間もなく、ピカピカの民主主義者になったという。話を聞いた私たちは、その変身ぶりに開

いた口が塞がらなかった。でも、大半の人間は、民主主義を理論的に理解はできても、すべてのことを受け止めるには、時間がかかったと思う。私も婦人運動家たちの、男のような声で叫ぶ姿には、嫌悪感さえあったのだから。話を聞くこと、考えること、学ぶことで、少しずつ理解していったのではなかろうか。

例えば、NHKにいたCIEの人々の行動でも学んだ。まず、エレベーターに乗る時、彼らは必ず女性を先に乗せる。初めはそんなことさえ不思議だった。それまで日本の男性は、当たり前のように先に乗っていたのだから。

また、彼らは、会議の時や仕事の時、ファーストネームで、「ジョージ」「フランク」「メアリー」などと呼ぶ。日本だったら、「では、部長からどうぞ」とか、「次に課長お願いします」ではなかろうか。彼らは決して、「軍曹」「部長」などという、仕事上の役職名では呼ばない。これも民主主義のひとつのあらわれだと思った。

彼らは自分たちの行動で、いい意味での民主主義を日本に根付かせようとした。私は彼らから具体的に話を聞くことは出来なかったが、そんな感じを受けた。アメリカより、もっといい民主主義の日本を作りたい、そんな考えを持っていたような気がしてならない。もっとも、NHKに来ていたアメリカ人はほとんどが民間人で、教育関係の人たちも多かったから、ということもあったのかもしれない。

民主主義がようやく体に入ってきたのは、選挙で女性が大勢当選した頃からだろう。しかし、女性の意識が変わっても、男性の意識、社会全体の意向が変わらないと出来ないものもある。それが変わったのは、だいぶ後のことだ。

放送のことで言えば、NHKで、女性がニュース番組のメインキャスターになったのは、平成七年四月三日、札幌局から呼ばれた森田美由紀《もりたみゆき》が「ニュース7」に登場した時である。女性解放が叫ばれ、参政権を行使した昭和二十一年から、五十年も経ってからだ。現在では、女性がニュースを読むのは当たり前だが、戦争中は、女性がニュースを読むことは出来なかった。戦後も、暫くは男性アナウンサーの独壇場で、ようやく女性が登場してもサブキャスターの位置で、飾りもののような時期もあった。

こんなことを思い出した。当時のNHK会長で、日本青少年文化センター会長もつとめた川口幹夫《かわぐちみきお》さんが、私のところへ来られて、いきなりこう言ったのだ。

「武井《たけい》さん、ようやく、女性がニュースを読む時代が来ましたよ!」

弾んだ、嬉しそうな口調だった。私は「よかったですね!」と言いながら、川口さんの声音のなかに、それまでの努力が隠されているように感じて、気持ちが温かくなった。そして、ここまで、本当に長い時間がかかったのだなと、大きなため息をついた。

「苦しいインフレ政策」と聞いたCIEの検閲

たくさんのコスモスの花が「婦人の時間」のスタッフのところに届いたことがあった。焼け跡の庭に咲いたといって、見知らぬ聴取者の方が届けてくださったのだ。花屋など、まだ開いていない時だから、スタッフ一同大喜びだった。私も、「苦しいインフレ生活の中ですが、こんな綺麗な花が咲きました」と、放送の中でアナウンスをした。

実はこのことが、とんでもないことになりかけた。その頃、アナウンス原稿はすべてCIEの検閲を受けていた。つまり、スクリプトにあること以外言ってはならなかったのだ。それなのに、私はつい、花の美しさに心を奪われて喋ってしまった。その上、検閲の人が、「インフレ生活」を「インフレ政策」と聞き違えたから、事件になりそうになった。「苦しいインフレ政策」というのは、「占領軍の政策の誹謗《ひぼう》」だということになる。単なる聞き違いだが、こじれたら大変な占領時代の出来事だ。

しかし、プロデューサーの江上フジのお蔭で炎上はせず、消し止められた。「インフレ政策」でなく、「インフレ生活」であったとの了解が得られたからだ。

江上フジはその頃、三十代後半だったろうか、情熱の塊のような人だった。普段は穏や

かだが、ちょっとでも意見が違うと大変だ。相手は意見が通るまで猛攻撃を受ける。好き嫌いがはっきりしているから、矛先を向けられた人は、たまったもんじゃない。降参して退散となる。その矛先は誰に対しても同じ、つまり時の権力者ＣＩＥに対してさえ同じだった。

バルザックの『谷間の百合』についてのクレーム

「婦人の時間」で、バルザックの『谷間の百合』という作品を取りあげようとした時のことだ。ＣＩＥからクレームがついた。「人妻が恋をする話だから、真似をする人が出ると困る、不適当だ」と。このＣＩＥの方は女性で敬虔《けいけん》なクリスチャンだった。江上フジは反論した。

「そんなことはない。日本婦人は文学作品として鑑賞するので、真似することなどありません」しかし、ＣＩＥは自説を曲げない。そこで彼女は言った。

「許可しないというのは、命令ですか？　命令ならば仕方ありません」

民主主義を標榜《ひょうぼう》するアメリカ人は、「命令」という言葉が嫌いだと見抜いている江上は再び聞いた。「それは命令ですか」と。

ＣＩＥは言った。「命令ではありません、アドバイスです」

後に江上フジは、そのことをこんな風に話してくれた。

「そしてねえ、こう言ったのよ。日本の実情を知っているあなたがそう言うなら、多分、そのほうが正しい。いいでしょう、許可します、って。それでね、『谷間の百合』の放送がＯＫになったの」と、ちょっと得意そうに。

「泣く子と地頭には勝たれぬ」と、大半の日本人が占領軍に対してものを言えなかった時代に、江上フジは、言うべきことをはっきり言った、正論を述べた、肝っ玉の太い女性だったと思う。

私は江上フジによく叱られた。「何秒遅れた」とか、「読み違えた」とか、出演者がトチったことまで私の責任だと言って、猛烈なお小言を食らった。「それは私じゃありません」と言っても、「弁解は一切なし」と、取り合ってもくれない。悔しくて涙ぐむと、「泣けばいいと思っているの！」と、また叱られる。それはそれは、厳しかった。

でも、こんなことがあった。時間の穴埋めとして用意していた育児メモに、出臍についての質問があった。文章がおかしいのに気づいたが、その日は時間的に入らない予定なので、そのままにしておいた。ところが、番組の進行が思ったよりも速く、それを読まなくてはならなくなった。

「うちの子供のお臍は、初め三分（約一センチ）ぐらいでしたが、今は、泣いたりすると、約一寸（約三センチ）の高さになります。どうしたらいいでしょうか」

私は笑いをこらえるのに必死で、胸いっぱい呼吸をして、何とか笑わずに、答える役の樫村治子《かしむらはるこ》にバトンタッチした。ところが、彼女は開口一番、こう言った。

「それは、デベソと申しまして」

これでたまらず、私は吹きだしてしまった。彼女は、臍《さい》ヘルニアという病名を言うはずだったのに、それでは伝わりづらいと考え、デベソと言った、そのタイミングの悪いこと。私は慌てて、ＦＵ（音声切り替え装置）のスイッチをオフにし、二人で笑い転げた。それから、笑いが収まるのを待って、スイッチをもとに戻した。でも、その後もなかなか笑いが止まらなかった。

放送終了後、私は謝るしかなかった。江上フジは、厳しい顔で「出臍の子のお母さんが聞いていたら、可哀そうじゃないの！」と言い、「これからは気をつけなさい。いいわね」そう言ってから、「でも、ちょっとおかしかったわね」とくすりと笑ったのに、ちょっぴり救われた。

スタジオに見学者を入れて、ナマ放送をした時のこと、担当のディレクターが時間計算

を間違え、内容が五分足りないという事態が起こった。普通の放送ならレコードで穴埋めをするのだが、江上フジは許さない。「お客様を前にして、レコードを流すなどとんでもない」と言った。私は、青くなって困っているディレクターを救わなくてはと思い、「いいわ、私が五分しゃべるから」と穴埋めを引き受けた。何もなしに五分間しゃべるなど、無謀なことだが、私には自信があった。毎日、江上に言いつけられて投書の整理やスクリプト書きをしていて、話す材料は山ほどあった。それに、どんな時にでも対応できる、私だけのクッションも持っていたから、何とか五分つないだ。この時だけは、江上フジに褒められた。

だいぶたって、私は江上フジに聞いた。「オーディションで、何故私が選ばれたのですか？　どうして私になったのですか？」と。

すると江上フジは言った。「あなたは声で選ばれたのよ」と。「ＣＩＥの人が、婦人番組のＭＣ（司会者）は、落ち着いたアルトの声がいいと言ってね、ディープな声のあなたに決まったの」

日本ではそれまで、女性の声は、優しく、甘い声が好かれていた。ひところのバスガイドのような、可愛い、ちょっと気取った声がいいと思われていた。

しかし、アメリカ映画などを見ると、女性の声はストレートで、のびやかだ。民主主義

を教えるのに、そんな甘い声はいらない。きちんと正確に伝える声がいいと考えたようだ。それまで自分の声に自信がなかった私は、この話で自信が持てた。「婦人の時間」のオーディションが、日本人のスタッフだけで行われたとしたら、私は選ばれなかったろう。思わぬ時にアメリカ人に選ばれ、「婦人の時間」を担当しながら、民主主義を学ぶことが出来、本当に幸せだったと思った。

あの頃の「婦人の時間」は、聴取者に「干天の慈雨のようだ」と言われた。食べるものも、着るものもなく、娯楽も全くなく、人の心も渇ききっていた。そして、これからどうなるか、お先真っ暗な日々なのだ。そんな時に放送された「婦人の時間」は、乾いた大地を潤す、恵みの雨のようなものだったのだろう。私は未熟で、教えられることの多い毎日だったけれど、それなりに精一杯やれた、今はそう思っている。

評論家だった村岡花子

「婦人の時間」の出演者の中で、私が以前から会いたいと思っていたのは、村岡花子だった。子供の頃、ラジオの「コドモの新聞」を聞き、こんな人になりたいと思った憧れの人なのだから。私は「婦人の時間」の司会者として、そのことをどう切り出そう、どんな風

に言ったらいいか、といろいろ考えていた。

ところが、スタジオに現われた村岡花子は、何故か取りつくしまがなかった。どこから見ても、評論家の村岡花子で、「コドモの新聞」のおばさんではなかった。私は気分を殺《そ》がれてしまい、戸惑った。その話題を切り出そうものなら、こっぴどく拒否されてしまいそうに見えた。私は結局、きっかけもつかめず、憧れの気持ちを伝えることが出来なかった。通り一遍のアナウンスをして「お話し下さったのは、評論家の村岡花子さんでした」と言って終わりになった。

暫くして、『日本放送史』に、村岡花子が書いた「世間に面した窓」という文章があるのを見つけた。「コドモの新聞」が、戦争で断ち切られた当時のことが書かれている。その最後の部分を紹介する。


「ラジオは私にとっては、謂わば世間に面した古い窓である。然し日本の社会はこの古い窓と私とを結びつける点に於ては、まったく驚くべき記憶を持っているらしい。

定期的に私の声がラジオをとおして響いたのは、正確に言えば、昭和十六年十一月三十日を最後とする。隔週に『コドモの新聞』の放送にたずさわっていた私にとっては、それから一週間後の十二月八日が受持の月曜日の夕方にあたったのだった。けれども、その朝

放送局から電話があって『今晩は休んで貰いたい』と言って来た。その夜の『コドモニュース』は勇ましい（?）男の声で伝えられた。そして、私は私自身の持っていた理由から、辞表を提出し、斯くて世間に面した私の家の窓は閉じられたのであった」

この文章には、何かを受け付けない印象がある。この前半に、「コドモの新聞」が中止になってから、「ラジオの村岡さん」と呼ばれると、不機嫌になったと書いてあった。番組が始まって九年あまり親しんできた子供たちとのつながりを、戦争で絶ち切られたことに対する怒りのようなものが感じられる。

自分は、とうにラジオから離れている。それなのに、世間の人たちは、私を「ラジオの村岡さん」と呼ぶ。不愉快でならない。彼女は、「コドモの新聞」を愛していたからこそ、「ラジオの村岡さん」と呼ばれるのを拒否したのだろう。私はこの文章を読んで、私が出会った時の取りつくしまもない風情の理由が、判ったような気がした。

でも、私が一歩踏み込んでその間の事情を聞くことが出来たら、きっと打ち解けて話してくださっただろうに。経験が浅かった私は、そこまで出来なかった、とても残念だったと思っている。

私は今でも、村岡花子の声を覚えている。「みなさん、こんばんは、コドモの新聞をお

伝えします」と話しかけ、終わりは、「では、みなさん、ご機嫌よう、さようなら」と結んだ、あの声を。

これは、どこかに書いてあったのだが、初めは「では、みなさん、さようなら」とだけ言っていたが、ある時、何気なく「ご機嫌よう」を付け加えたところ、「これを聞くのが楽しみだ」という人が増え、それから必ず、「ご機嫌よう、さようなら」と言うようになったという。ただの「さようなら」より「みんな機嫌よく、元気でいてね」という、温かみが感じられるからだろう。私なども、子供の頃、その「ご機嫌よう」の言葉を待っているひとりだったから。

昔、先輩のアナウンサーから聞いた話だが、あるアナウンサーが大人の時間に、「全国のお坊ちゃん、お嬢ちゃん」と、子供への呼びかけをしてしまった。「大人の時間だった」と気づいたアナウンサーはどうしたかというと、うろたえることなく、こう言った。「あなた方の時間はまだです。今はお父さん、お母さんの時間ですから、静かに聞いていらっしゃい」と。臨機応変、面白いエピソードだが、「お坊ちゃん、お嬢ちゃん」という言葉には驚いた。そんな呼びかけの言葉もあったのかと、目を丸くした。

呼びかけの言葉もいろいろ変わった。

「全国のお坊ちゃん、お嬢ちゃん」から「少国民のみなさん」に。「良い子のみなさん」「お小さいみなさん」そして「やあ、みんな」というように。

呼びかけの言葉で、その時代の人が子供をどう見ているか、どうとらえているかが、判るようだ。「お坊ちゃん、お嬢ちゃん」と呼ばれていた時代は、子供は庇護《ひご》しなくてはならない弱いもの、呼ぶ側からすると、大事なお客様だった。

太平洋戦争時代は、子供たちを「少国民」と呼んだ。将来、皇国を背負って立つ、という期待をこめて。軍人が叫ぶような調子で、「少国民諸君！」と呼ぶと、子供たちは胸を張って、「われら少国民！」と応えた。男の子たちの大半が「末は軍人、大将」と夢を抱いていた時代だった。「少国民諸君！」という言葉には、戦いへ駆り立てる雄叫《おたけ》びのようなものが感じられる。

子供が、一個の人間として考えられるようになったのは、戦後のこと。今はどんなに小さくても、幼児も子供も一個の人間として扱われている。そんなことは当たり前だ、と思われるかもしれないが、そうでなかった時代があったことも忘れないでほしい。

戦争中、子供は個人のものでなく、御国のものだったから。

働く母親としての苦しみ

私が、後に夫になる武井和夫《かずお》に会ったのは、戦後まもなくの頃、彼はまだ学生服に角帽姿だった。学徒出陣で召集され、仏印（フランス領インドシナ）へ行き、戦闘には遭わなかったが、マラリヤにかかり、復員後、大学に戻ったという。彼に会わせてくれたのは、和子叔母の義理のお姉さんで、「いい人がいるから」といってNHKに連れてきた。喋っていたのは、その人ばかりで、彼はほとんど喋らなかった。しかし、彼の穏やかな眼差しが心に残った。俳優の上原謙《うえはらけん》に似ているという人もいるが、彼から都会的なイメージを取り去り、穏やかな信州の地に置いたような、そんな感じの青年に思えた。でも、東北大学の理学部の学生で、繊維結晶学を学ぶといい、仙台に住んでいたから、その先の縁はないだろうと思っていた。

ところが、彼はまもなく社会人になり、日本絹人繊織物工業会というところに勤め、事務所が日本橋だったので、時々会って話をするようになった。荒っぽい男兄弟のなかで育った私にとって、彼の優しさは魅力だった。この人と暮らせたらという思いがあったが、結婚までの気持ちはまだ、固まってはいなかった。

夫・和夫と。昭和23年、新婚旅行先の松本にて

ある日、一緒に歩いていて、彼が突然、言ったのだ。「僕と結婚……、するつもりですか?」と。

私は一瞬戸惑ったが、その真剣な言い方に答えなければと考え「はい」と応じた。すると和夫は「判りました」と、安心したように言った。女性アナウンサーとして、ちやほやされているこの人に、地味なサラリーマンの自分と結婚する気持ちが、本当にあるのだろうか、和夫はそれを確かめようと思ったらしい。でも、唐突で、あまりにも直截過ぎる質問に驚き、もう少しいいセリフがなかったものかと、今でも思っているけれど。

昭和二十三年五月、私は武井和夫と結婚、生活は、浦和駅前の四畳半のアパートから始まった。荷物を運んでくれた本家の小僧さんが、「こんな小さなところに住むんですか?」と驚いたほどの小さな部屋だ。あの頃は、そんなところでも住めるだけましだった。

お米が配給なのはもちろん、お酒、味噌、醬油も配給だった。ガスはあったが、初めの頃は、朝と夕方にしか出ない。停電などは日常茶飯事。洗濯機、冷蔵庫など、夢にも描いたことのない、貧しい暮らしだ。なにしろ、日本全体が貧乏なのだから、みんな助け合い、知恵を出し合って生きていくしかなかった。間もなく妊娠が判ったので、昭和二十三年十二月に「婦人の時間」でお別れの放送をし、辞表を提出した。出産の準備をし、赤ちゃんの誕生を待った。ところが赤ちゃんは、臍の尾が首に巻き付いて呼吸出来ず、死んでしま

った。

私は産後の疲れと悲しみで、暫くは立ち上がれずにいた。

そんな時、事情を知ったアナウンス部長から電話があった。

「辞表はまだ、私のところにあるんだよ。戻っておいで」

出産休暇が残っていたようだが、私はこの言葉で救われた気分になった。もしかしたら、亡くなった赤ちゃんが、私をもう一度仕事に戻れるよう後押ししてくれたのかもしれない、そう思った。

「婦人の時間」を卒業した私は、それから主に子供向け番組を受け持つことになった。昭和二十四年九月、「学校放送」に「言葉遊び」の番組が生まれ、七回ほど続いた後、翌二十五年には、「ラジオクラブ・小学校の時間」として、スタジオに子供たちを呼び、対話しながら進める形式になった。母親になれなかった私には、何とも言えない感じのするひとときだった。私はその時の子供の表情を、鉛筆で日記に書きとめていた。

「林檎のようなほっぺをして、スタジオの空気に物怖《ものお》じしながら、瞳を輝かせて入ってくる子供たち。私がおかしいことを言って笑わせると、体を捩《よ》じって、にこっと笑う。中にはつむじ曲がりさんもいて、『お正月に、何したい?』と聞くと、『何もしない!』などと言って拗《す》ねる。

千桜小学校、神竜小学校の子供は優しくおとなしい。中目黒小学校の子供たちはお茶目、悪戯っ子、暴れん坊、慣れてくると甘えて、私の隣へ腰掛けようとひと騒ぎ、かじりついたり、引っ張ったり、幼稚園さながらだが、私には嬉しい」

こんな私のことを、演劇評論家の秋山安三郎《あきやまやすさぶろう》さんが、朝日新聞の「ラジオ評」(昭和二十五年二月五日)に取り上げてくださった。

「『歌の小母さん』の松田《まつだ》、安西《あんざい》、『言葉あそび』の武井アナウンサーはNHK三人女、と言ってもいゝほど本格的東京弁だ。ことに武井アナウンサーがいゝ。小さい子のわずかなアクセント違いも聞き漏らさずに直ぐ優しく直してやる親切など、聴いてる東京人がうれしくなる」

子供を亡くし、働く女として生きるべきか悩んでいた私にとって、希望の灯がともったような記事だった。

秋山安三郎さんは、私の子供に対する態度を肯定された。そうだ、こうした考えをもとに番組を作ろう。そんな思いが生まれたのはこの時だったのではなかろうか。

次の妊娠が判った頃、夫の両親と妹とが同居したいと言ってきたので、私は仕事を続け

ることを提案した。それが経済的にも子育ての面でも一番いい方法と考えたからだ。

昭和二十五年五月、無事男の子が生まれた。私は、産後の休暇が終わると、子供を義母に預け、仕事に復帰した。

しかしその頃、子育てをしながら働く女性は、ほとんどいない。NHK放送文化研究所の広谷鏡子《ひろたにきょうこ》によると、私はNHKで働く母親第一号だという。当時女性が働いていると、「共稼ぎ」と言われ、一般には、夫の稼ぎが少ないために働いていると思われていた。そんな時期だから、母親のための設備などは全くない。私は張ってくる乳に困り、洗面所で乳をしぼりながら仕事をした。

乳児を預かるような保育所もほとんどなかった。たとえあっても、近くになければ利用できない。義母は子育てを引き受けてくれたが、「母親を追うようでは困る」と、なるべく母親から離して育てるようにと言い、義母なりの育児を強制したのだ。これは私にとって誤算だった。

私は結婚する時、「嫁」という言葉にこだわった。「私は嫁にきたのではなく、結婚したの。嫁というのは、家があって、そこによそからきた者。嫁はすべてのことを、その家に合わせてしなければならない。でも私たちは、二人で新しい家を作るのよね」

夫とそう決めていたのに、義父母と一緒に暮らすことになると、それは一切出来なくな

った。私はあんなに拒否していた、「嫁」に成り下がってしまった。味噌汁の実の切り方から戸の開けたてに至るまで、義父母の考え通りにせざるを得なかった。窒息しそうな毎日が続いた。育児、仕事、家事などで、今にも押しつぶされそうな日々だった。

仕事を持つ母親というものは、助けてくれる手足がなければ、奴隷のようなものだ。朝は子供をおぶって食事の支度、職場に行けば普通の人と同じように仕事をし、家に戻ると、当時は盥でおしめの洗濯、その他の家事、雑事、さまざまのことが待っていた。「男子厨房に入らず」と言われた頃だから、夫は台所に入ることは出来ない。一日じゅう独楽鼠《こまねずみ》のように走りまわり、日記など、書く余裕もなかった。その上、料理上手な義母だから、お握りひとつにぎるのにも、細かい指示がとぶ。

手のひらに載るような手帳に、鉛筆の走り書きが残っていた。昭和二十六年、子供一歳。「理想から言えば、共稼ぎは望ましくないかもしれない。でも、働ける人は働くべきだと思う。放送の中に、妻の目、母親の目が、もっとあるべきではないか」と書いてある。

昭和二十七年の手帳には、「父（義父）に、ひどく怒鳴られた。昨日までは何とか耐えられたが、今日ばかりは我慢できない。昨日も今日も、朝ごはんを食べられずにいる」と書かれていた。

この時のことは、忘れることが出来ない。私は義父に言われたのだ。

「こんな娘を育てた、親の顔が見たい」と。

一日じゅう働き、疲れていた私は、いい嫁でなかったに違いない。それに、戦争もあって家事を学んでこなかったから、十分なことは出来なかっただろう。そして、病気がちな母との暮らしで、母が家庭の主婦として働く姿を見てこなかった。そういう意味では私自身欠陥が多いと思っている。だから、叱られるのは仕方がない。けれど、そのことで、私の親が侮辱されるのは我慢出来ない。私はただ涙がこぼれ、返す言葉もなかった。

私はその夜、夫を喫茶店に呼び出して訴えた。「今日までは我慢したけれど、これ以上は耐えられない。家を出ます！」

すると、夫は「判った。それなら一緒に家を出よう」と言ってくれた。その時の私にとって、どんなに優しい言葉だったろうか。

けれど、幼子を抱えた母親が、どうして家を出られよう。私はひたすら耐えるしかなかった。しかし、義父も言い過ぎたことを反省したらしく、それ以上きついことは言わなくなった。

子供が一人遊びをするようになり、高校へ行っていた夫の妹が、料理をするようになる

と家族の形も少しずつ整い、自然に打ち解けるようになっていった。ところが昭和三十年の正月、夫が腸閉塞という恐ろしい病気になり、二日も苦しんだ挙句、開腹手術をすることになった。これは、戦後まもなく、盲腸の手術の時に外科医が誤って、腸を傷つけたミスが原因だった。私は、いつかこんなことが起こるのではないかと、ずっと心配していたのだが、それが現実となった。

「万全の準備をして手術に当たりますが、命の保証は出来かねます」

外科医の冷たい言葉は、私の胸を刺した。どう対応したらいいのだろう。私は、病室へ行く階段を上がるのがやっとだった。

その頃の病院には、「集中治療室」などないし、看護婦の付き添いもない。私が一人で、手術後、病室に戻った夫を看取る。ベッドの足元に茣蓙《ござ》を敷き、一月の寒い時期、火鉢を抱えて、三時間おきに薬を飲ませた。夜中は、ほかの病人もいるので、暗い明かりだけ。水を欲しがる夫を宥《なだ》めながら、ただ祈るばかりの二昼夜だった。

テラマイシンといった新薬が使われて、術後の化膿《かのう》も抑えられ、夫は間もなく食事も通るようになった。外科医も、「もう、大丈夫ですよ」と笑顔を見せてくれるようになり、私はようやく一息つくことが出来た。とにかく私は、ただ夢中で動きまわっていた。

義父は、弱くなった足を引きずりながら、毎日のように病院を訪ねたが、義母の方は、

「あなたのような、いい看護婦さんがいるから、いいんじゃないの？」そう言って、来てはくれなかった。「このままでは、ママが倒れるのではなかろうか」と、みんなが気遣ったようだ。それまで、出来の悪い嫁としか思われていなかった私だったが、この辺から、ましな嫁として、確かな位置を占めるようになったのかもしれない。

夫の病気、仕事のこと、家の雑事、時には義父母のこと、色々なことに取り紛れて、子供にしてやるべきことが十分に出来なかった。それでも子供は、おじいちゃん、おばあちゃん、夫の妹、それにようやく来てくれたお手伝いさんなど、みんなに守られて大きくなっていった。でも、これでいいのだろうか。私は悩みを抱えたままの日々を送っていた。

長岡輝子《ながおかてるこ》のひとこと

長岡輝子、と言っても、若い人は知らないだろう。NHKの朝ドラ「おしん」の、酒田の大奥様を演じた女優、フランスで演劇を学んだ演出家、二つの肩書きを持つ方だ。NHKのフロアで、暫くぶりに長岡輝子に会った。彼女は素晴らしい女性で、足元にも寄れないような方なのに、「武井さん、どうしていらっしゃる？」と優しく声をかけてくださったので、私は思わず日ごろの悩みを打ち明けた。

「あのう私、辞めたいと思っているんです」と言うと、「どうして？」と聞かれた。「私、何もかも中途半端なんです。母親としても、仕事人としても、妻としても。これじゃ駄目、ちゃんとやり直さなけりゃ、と思って……」

「そうかしら？」彼女は、そう言ってから、向き直って尋ねた。

「辞めて……そして、全部出来ると思う？」

この問いに私は惑い、考えて、それから気づいた。辞めたからといって、すべて出来るはずがない。それなのに辞めたいなんて、逃げ口上だと。そして答えた。

「やっぱり、全部は出来ないと思います」

「そうでしょ？　全部は出来ないのよ、誰も。そう思って頑張るの。それでいいのよ。私もそう思ってやってきた。それで、間違いなかったもの」

そうなんだ。人間のやることに百点はない。百点を取るなんて、どだい無理なのだ。それを仕事のせいにしたり、子供のせいにしたり、どこかをなくせば出来るなんてこと、ありはしない。出来るだけのことを自分らしくやればいい。百点が取れなくても、これだけ頑張ったのよと、言ってやればいい。五十点でもいいじゃない、ほかにいいところがあるのだもの。そう考えたら、少し楽になった。悩みもちょっぴり消えた。このまま頑張ろうという気持ちになった。

アナウンサーの仕事は、インタビューや対談などが増え、広い分野の知識が必要になっていった。

林髞《はやしたかし》という大脳生理学者がおられたが、彼は、木々高太郎《きぎたかたろう》というペンネームの小説家でもあり、茶目っ気がある方だった。私が「やさしい科学」という番組で質問しようとすると、時々逆に質問をされたりして驚かされた。難しい質問ではなく、楽しい会話にしようとする心遣いなのだが、対応に四苦八苦した。

そのうち私は自信を失い、声を出すことが苦痛になっていった。

番組制作に移りたい、母親として子供のための番組を考えたいという思いが強くなり、アナウンス室長に訴えた。だが、なかなか聞き入れてもらえない。私はとうとう、耳鼻科の医師のところに行き、診断書を書いてもらい、アナウンサーの仕事から離れることを願い出た。

アナウンス室長は苦笑して「こんなものまで持ってきたのか?」そう言って教育部のディレクターに変わることを了解してくれた。昭和二十八年、私は二十八歳になっていた。

ディレクターの仕事は、客席からは見えない、舞台の土台作りのようなもので、全体に気を配らなくてはならない。あらゆる雑事を引き受けることが必要だ。私はそれまでアナウンサーをしていて、舞台の上しか見ていなかった。ディレクターは、それを全部見通さな

ければならない。

放送番組は、作家、作曲家、楽団、ミクサーや音響など、多くの方々の力で成り立っている。ディレクターは、働いてくれるすべての人たちへの心遣いがなければ、信頼は得られないし、いい番組にならない。大河ドラマのような大型番組は別として、小さな番組は、一人のディレクターの心配りが重要だ。私はディレクターになって、本当によかったと思った。それまで知らなかった、信頼を得ることの大切さを学ぶことが出来たのだから。

五、ディレクターに転身

「うたのおばさん」のヒット

昭和二十五年（一九五〇年）、私が母親になった頃、朝早く幼稚園の近くを通ると、「うたのおばさん」の放送が流れていた。園庭には既に子供たちがいて、一緒に歌ったり、元気に遊んだりしている。当時、「うたのおばさん」は、幼稚園生活にはなくてはならない放送だったし、私にとっても興味深い十五分だった。

「うたのおばさん」は、昭和二十四年八月一日に始まり、日曜を除く毎朝、午前八時四十五分から九時までの十五分、二人の歌い手が、子供に話しかけながら歌を歌う。この年のラジオの普及率が五三・八パーセントだったから、世の中の半分の人がラジオを聞く時代になっていた。だから「うたのおばさん」も、大勢の子供たちと家庭と幼稚園、保育所で

聞かれていたのだ。

「幼児の時間」は、それまで曜日別で、どの番組も週一回の放送だった。「うたのおばさん」は、それよりも早い時間帯に、デイリーの番組として、毎朝、一週間、同じ歌手が担当するスタイルにした。アメリカの「シンギング・レディー」という番組をお手本にしたものだ。「うたのおばさん」は、いい歌や音楽を毎朝流し、豊かな音楽環境を作りたいと考え、制作されたのだ。

歌い手は松田トシと安西愛子《あいこ》の二人。彼女たちは、東京音楽学校（現・東京芸術大学）の声楽科を卒業した後、「幼児の時間」に度々出演しており、毎朝のナマ放送にも実力を発揮すると考えての起用だった。

松田トシは、生まれが兵庫県の芦屋《あしや》なので、「おばさん」というネーミングに違和感があったらしい。関西では、「おばさん」という言葉に、あまりいいイメージがない。しかし、当時の教育部長、川上行蔵《かわかみこうぞう》が、「東京では、おばさんを、小母さんとも書く。つまり、小さなお母さんということで、母親の代わりだ。だから、おばさんでいい。それに、長く続く番組にしたいので、『おねえさん』でないほうがいいのではなかろうか」と言われた。

その思惑通り、「うたのおばさん」は、十五年も続いた。松田トシは後に、「やっぱり、おばさんでよかったと思いました」と、笑って話された。

「うたのおばさん」の成功は、松田トシ、安西愛子、お二人の魅力によるもので、優れた音楽環境を作ったことにあるが、もう一つは、幼児のためのいい歌が、この番組からたくさん生まれたことにあると思う。それまでにも、たくさんの歌が委嘱《いしょく》され、放送されてはいた。

昭和二十一年に詞を委嘱したのは、加藤省吾《かとうしょうご》、清水《しみず》かつら、土岐善麿《ときぜんまろ》、高田百合子《たかだゆりこ》の四人で、作曲は、足羽章《あしわあきら》、服部正《はっとりただし》、渡邊浦人《わたなべうらと》、小村三千三《こむらみちぞう》だった。昭和二十二年は、柴《しば》野民三《のたみぞう》、サトウハチロー、清水かつら、勝承夫《かつよしお》、久保田宵二《くぼたしょうじ》の詞で、作曲は、飯田信夫、海沼実《かいぬまみのる》、足羽章、渡邊浦人、小村三千三。昭和二十三年には、都築益世《つづきますよ》、鹿島鳴秋《かしまめいしゅう》、清水かつらに詞を委嘱し、作曲は弘田龍太郎《ひろたりゅうたろう》、團伊玖磨《だんいくま》だった。

しかし、これらの歌は、その後、ほとんど歌われていない。

「うたのおばさん」が始まって、それがどう変わったのか。歌詞の厳選と、繰り返し歌い、周知させることによって、どれくらい定着したのだろう。番組開始から何年かを眺めてみた。

昭和二十四年、「うたのおばさん」の開始が八月なので、五か月しかないが、九曲委嘱し、「とんぼのめがね」と「たきび」が、よく歌われるようになった。

「とんぼのめがね」（額賀誠志《ぬかがせいし》詞、平井康三郎《ひらいこうざぶろう》曲）
「たきび」（巽聖歌《たつみせいか》詞、渡辺茂《わたなべしげる》曲）

昭和二十五年に委嘱されたなかでは、六曲がよく歌われている。

「つみき」（まど・みちお詞、中田喜直《なかだよしなお》曲）
「たかいたかい」（与田準一《よだじゅんいち》詞、細谷一郎《ほそやいちろう》曲）
「ぶらんこ」（都築益世詞、芥川也寸志《あくたがわやすし》曲）
「おつかいありさん」（関根栄一《せきねえいいち》詞、團伊玖磨曲）
「いたずらすずめ」（関根栄一詞、中田喜直曲）
「風さん」（小林純一《こばやしじゅんいち》詞、平尾貴四男《ひらおきしお》曲）

昭和二十六年は十六曲作り、七曲がよく歌われている。

「めだかの学校」（茶木滋《ちゃきしげる》詞、中田喜直曲）
「お山のラジオ体操」（相良和子《さがらやすこ》詞、服部正曲）
「大という字」（根本《ねもと》ツトム詞、中田喜直曲）
「こなゆきこんこ」（飯島敏子《いいじまとしこ》詞、平尾貴四男曲）
「きゅっきゅっきゅう」（相良和子詞、芥川也寸志曲）
「みつばちぶんぶん」（小林純一詞、細谷一郎曲）

「ぼたんのぼうや」（まど・みちお詞、宇賀神敏道《うがじんとしみち》曲）
「めだかの学校」は、春に先駆けて必ず歌われる歌になった。この歌には、子供の頃を思わせる懐かしさがあり、誰にも心地よく響くのではなかろうか。「大という字」は、根本ツトムの発想の斬新さで受けたもので、文字から始まって、子供の未来を描くような、広がりを感じさせる歌になった。

昭和二十七年は十六曲作り、主に七曲が歌われている。この年の歌は、どれをとっても詞が美しく、心の底から歌えるようだ。「ちょうちょうさん」「こおろぎ」「ことりのうた」といった芥川也寸志のメロディーの美しさも、歌っていて心が優しくなる。誰もが知っている「ぞうさん」も、この年に生まれた。

「ちょうちょうさん」（佐藤義美《さとうよしみ》詞、芥川也寸志曲）
「やぎさんゆうびん」（まど・みちお詞、團伊玖磨曲）
「こおろぎ」（関根栄一詞、芥川也寸志曲）
「お月さま」（深尾須磨子詞、箕作秋吉《みつくりしゅうきち》曲）
「りんごころん」（佐藤義美詞、中田喜直曲）
「ことりのうた」（与田準一詞、芥川也寸志曲）
「ぞうさん」（まど・みちお詞、團伊玖磨曲）

昭和二十八年は十四曲委嘱して、六曲がヒットしている。
「つぼみの歌」(江《え》間章子《ましょうこ》詞、平井康三郎曲)
「シャベルでホイ」(サトウハチロー詞、中田喜直曲)
「あかいかにこがに」(都築益世詞、渡辺茂曲)
「おさるがふねをかきました」(まど・みちお詞、團伊玖磨曲)
「もん白蝶々のゆうびんやさん」(サトウハチロー詞、中田喜直曲)
「とんとんともだち」(サトウハチロー詞、中田喜直曲)

「うたのおばさん」は、幼児にとってなくてはならない番組になっていき、昭和三十五年には、うたのおじさん、友竹正則《ともたけまさのり》を迎え、昭和三十七年、放送四千回を迎え、たくさんのいい歌を残して、昭和三十九年四月四日に終了した。

まど・みちおと「ぞうさん」の歌

「尊敬する人物は誰ですか?」と聞かれたら、私は即座に、「詩人のまど・みちおさん」と答える。詩人として、人間として、素晴らしい方だと思っているから。

私は初め、まどさんの詩について、あまり深く考えていなかった。でも、次のような言葉を聞いた時、それではいけないことに気づいたのだった。

「私は、年を取ったものですから、皆さんのようにいろいろ調べて、ものを書くことが出来ません。自分の目で見て、感じたことを言葉にするしか、出来ないのですよ」

まどさんは、とても控えめに、そう話されたのだ。

自分の目で見て、感じる……。

当たり前のことなのだが、今それが出来なくなっているのだ。

そう思って、まどさんの詩を読むと、難しい言葉はないし、すっと体に入ってくる。そして、ひとつひとつに、深い意味が感じられるのだ。すべてを、子供のような、純粋な澄み切った目で捉えている。

　　クジャク

ひろげた　はねの
まんなかで
クジャクが　ふんすいに
なりました

さらさらさらと
まわりに　まいて　すてた
ほうせきを　見てください
いま
やさしい　こころの　ほかには
なんにも　もたないで
うつくしく
やせて　立っています

まどさんは、ある雑誌の座談会で、こんな発言をされた。好きな詩について聞かれると、谷川俊太郎《たにかわしゅんたろう》の「こわれたすいどう」をあげ、「あの方の詩は新しく美しい。そして、精神の明晰《めいせき》さがあります」と。

司会者が「サトウハチローさんの詩は？」と聞くと、「あの方の詩は、美しく優しい。けれど、それに溺れておいでになります」と言われた。私は、この「溺れる」という言葉に衝撃を受けた。

詩は溺れてはいけない。センチメンタルな部分があると、詩が小さくなってしまうのだ。

そういえば、まど・みちおの詩には、それがない。平明で易しい言葉なのに、天地を感じるのは、溺れていないからなのだと、初めて知った。

阪田寛夫《さかたひろお》が書いた評伝小説『まどさん』によると、まどさんが五歳の時、両親が兄と妹を連れて台湾へ行き、彼はひとり、おじいさんのところに残されたという。私は、その話を読んで、『ジャングル・ブック』を書いたことで知られるイギリスの作家、キップリングの『メー、メー、黒ひつじ』（平井呈一《ひらいていいち》訳）という作品を思い出した。

インドへ赴任する両親が、教育のため、五歳のパンチと妹のジュディを知り合いに預けていく。残された二人は、その家のローザおばさんとハリー少年の心無い仕打ちに遭い、嘘をつくようになり、「厄介者の黒ひつじ」と呼ばれるようになる。

子供にとって、ひどく辛い話だが、実際に経験したキップリングは、最後にこう結んでいる。

「年のいかないころ、憎悪、疑心暗鬼、絶望のにがい水をしたたかに飲まされたときには、なるほど愛は、暗くなった目をしばしのあいだ光明に向けてくれ、真実のない世間に真実のあることを教えてはくれますけれども、しかし、つらい思いを知ったということは、なかなか愛の力ぐらいではぬぐい去ることはできないでしょうから」

私はここを読み、深いため息をつく。五歳の子供の絶望感や疑心暗鬼を取り払うには、きっと、長い時間が必要なのだ。そんな思いで「ぞうさん」の詩の二番を改めて読んでみる。

ぞうさん
ぞうさん
だれが　すきなの
あのね
かあさんが　すきなのよ

夫が亡くなった時、喪中のはがきを書いた私に、まどさんは丁寧なお返事をくださった。

「久しぶりのお便りが、こんな悲しいおハガキで、胸がいたくなりました。

ダンナさまのお顔を拝したこともありませんが、つつしんで、ご冥福を祈りあげます。

お好きな絵にも、いまはお手が出ないでしょうが、ご自分を、大事に、大事に、なさいますように！　それを一ばん、お喜びになるのがダンナさまでしょうから。

おハガキに添え書きくださった『淋しくなってしまいました』を見ているうちに、涙で

見えなくなりました」
何という優しさの籠ったお手紙だろう。私のほうが泣いてしまいそうである。

徳山寿子のコップの音楽

戦後の「幼児の時間」には、個性的な出演者が大勢いた。お話のおじさんの道明真治郎《みちあきしんじろう》、安部梧堂《あべごどう》、山田巌雄《やまだいわお》、長沼依山《ながぬまいざん》、松美佐雄《まつみすけお》、内山憲尚。お話のおばさんは、北条静《ほうじょうしず》。作曲家でお話の上手な弘田龍太郎は「ヒロりゅうさん」の愛称で親しまれていたし、「ころころばし」という楽しい遊びをヒットさせた賀来琢磨《かくたくま》とタンダバハ子供会、幼稚園教諭の藤澤壽《ふじさわとし》、山村《やまむら》きよ、保母の増子《ますこ》とし、声楽家のダン道子《みちこ》など、楽しい出演者が大勢いた。その中で、「音遊び」の徳山寿子は、昭和十七年の「学校放送」から戦後の「婦人の時間」まで、「コップの音楽」でみんなを楽しませた。

彼女は、「たまき会」という子供のグループを連れ、たくさんの楽器を持って現われる。楽器を持って、というよりは、音の出るたくさんの台所用品を持ってくるのだ。フライパン、鍋、ゴムホース、薬缶《やかん》、水差し、金火箸など、大量のものを持ち込む。それぞれのものから出る音を、音楽的にきちんと聞き分ける。

徳山は、本当はピアノの先生なのだが、放送局に来る時は「たまき会」のリーダーで、コップの音楽を奏でる演奏家だった。スタジオではまず、コップの水の量を調整する。「水一滴でも、音は微妙に狂う。空調の具合でも違ってくるのよ」そう言って、わざわざ湯冷ましを運んでくるのだ。大きい薬缶にいっぱいの量だから、重いし、動かせばこぼれるし、面倒なことこの上ない。私が「生水じゃ駄目なの？」と聞くと、「やっぱり、湯冷ましでないと、音が正確に出ないのよ」と、湯冷ましにこだわり、やっこら、やっこら、大薬缶を運んでくる。おかっぱ頭に大きな目、迫力のあるガラガラ声で、音楽についてはとても厳しい。

ご主人は、バリトン歌手で俳優の徳山璉。「天国に結ぶ恋」の歌でヒットした方で、私が知っている歌では、とんとんとんからりの「隣組」の歌や、「愛馬進軍歌」を歌っている。歌えて御芝居も出来る貴重なタレントで、古川緑波とコンビを組み、映画にも出ていた。若くして亡くなられ、古川緑波がとても悲しんだという。

徳山寿子のピアノ教室からは、素晴らしい歌手や作曲家、音楽関係の方が巣立った。坂本龍一《さかもとりゆういち》も小学生の頃、門下生になり、作曲の道に進むようアドバイスを受けたと聞いた。

また、彼女が外国曲を編曲した「指の歌」は、誰もが知っている。

これはわたしの　とうさま　えらいかた
これはわたしの　かあさま　やさしいかたよ
これはわたしの　にいさま　せがたかい
これはわたしの　ねえさま　しんせつよ
これはわたしの　にこにこ　あかちゃん
みんなわたしの　おうちのかたよ

親指から小指まで、指差しながら歌う楽しいもので、広く歌われている。徳山寿子は、コップの音楽でみんなを楽しませ、きちんとした楽譜集も残し、幼児番組にはなくてはならない貴重な方だった。

「お姉さんといっしょ」と「おはなしゆびさん」

いいないいな　お姉さんといっしょ
ほんとほんとね　たっちゃんといっしょ

ふたりでふたりで　なにしましょ

（筒井敬介《つついけいすけ》詞、村上太朗《むらかみたろう》曲）

「お姉さんといっしょ」の作家、筒井敬介は、たくさんの童話を創作し、「国際アンデルセン賞優良賞」も受賞、ラジオやテレビドラマの脚本も多く手掛けている。その筒井敬介が、こんなことを言った。「幼児番組でも、天下が取れるんだよ」と。確かに、ひところの「お姉さんといっしょ」のヒットは、その言葉が本当にそうなのかもしれないと思うほど凄かった。

「お姉さんといっしょ」は、たっちゃんという男の子と、腕白坊主のおにいちゃん、愉快なお姉さんの生活を描いた童話だった。子供らしい日常生活の明るさ、三人の性格描写の巧みなことで、大勢の人の共感を得た。当時まだ十八歳だった中村《なかむら》メイコの好演で、みんな笑わされたり、泣かされたりした。

実はそれ以前にも、筒井敬介作品は、「仲よしたっちゃん」というタイトルで、昭和二十五年に放送されていた。語り手が毎回変わり、田村淑子《たむらよしこ》、真山美保《まやまみほ》、立川宏子《たちかわひろこ》、東山千栄子《ひがしやまちえこ》、由木裕子《よしきゆうこ》、荒木道子《あらきみちこ》と、六人の女優が出演している。それが中村メイコになって、広くみんなに受け入れられた。

中村メイコは、「七色の声」と言われて評判になったが、私はメイコがテクニックを用いて演じたとは思わない。筒井作品に描かれている、たっちゃん、おにいちゃん、お姉さん、それぞれの役になりきって演じたのだと思う。時々甘えたりすねたり、乱暴だったり、子供の心になりきって演技出来る、それがメイコの素晴らしさだと思う。

「お姉さんといっしょ」は幼児番組のヒットとしては珍しいことで、テーマソングも替え歌になるほど親しまれ、出版もされ、映画にもなった。ところが、番組は「作家の意向に逸れる」との、筒井敬介のひとことで終わることになった。

昭和二十八年一月八日の開始から三十年七月三十日まで、百三十五回続いたが、最後の放送の時は、スタジオが公開され、終了を惜しむ聴取者が大勢集まった。「お姉さんといっしょ」は、幼児童話を大人の鑑賞に堪えるものにした、優れた作品だと思う。もっと続けることが出来たら、時代を代表する番組になっていたのにと、とても残念な気がしている。

幼児向け番組で大切なもののひとつに、遊び歌がある。子供が一番初めにする遊びは、「いない、いないばあ」で、その後、「おつむてんてん、はらぽんぽん」というように、手や足、体の一部を使って遊ぶ。

昭和二十七年に始まった「あそびましょう」では、子供たちが体で感じ、参加出来る歌を作った。一緒に歌い、手足で反応して遊ぶ歌だ。それが、「手をたたきましょう」「大きなたいこ」「チリンチリン自転車」だ。小林純一の詞に、子供の歌の作曲で定評のある中田喜直がメロディーをつけたもの、歌は水上房子《みずかみふさこ》だった。この歌で遊んだことがある方は、多いのではなかろうか。

昭和三十六年の「あそびましょう」では、イギリスのわらべ歌「マザーグース」にあるような指の歌がほしいと考え、香山美子《こうやまよしこ》に「今の父親をイメージした、新しい指の歌が欲しい」と頼んだ。そして出来た「おはなしゆびさん」の歌は、湯山昭《ゆやまあきら》の明るいメロディーに乗り、中村メイコの歌声で、みんなに愛される歌になった。

このゆび　パパ　ふとっちょ　パパ
やあ　やあ　やあ　やあ
ワハハハハハハ　おはなしする

湯山昭は、作曲家として産声をあげたばかりの若々しい青年だった。キラキラした目が印象的で、何事にも真正面から向かってくる。歌作りに関してはシロウトに過ぎない私に、

声をかけてくれる。「武井さん、どっちのメロディーがいいと思います？」と、電話で二つのメロディーを歌い、意見を求めてくる。彼は自分では決めていて、それを確認するために、私に電話をするのだ。私を信頼し、必ず意見を聞く。こんな付き合いの中で作曲された歌のひとつが「おはなしゆびさん」で、この歌が今なお歌われているのだから、元ディレクターとしては、幸せなことだ。

そういえば、コンクールの審査員をしていた彼が、こんなことを言っていた。

「センスとユーモア、そして、挑戦する心、私はそれを選ぶ基準にしています」

いい言葉だと思い、心に留めた。

湯山昭とは五年ほどしか一緒に仕事をしていない。それなのに、いつまでも忘れられない作曲家である。

緑のマントで現われた野上彰《のがみあきら》

実践女子専門学校時代の友人に、速水律子《はやみりつこ》という女性がいた。彼女は、ある出版社の編集部に勤めていたが、「いい詩を書く人がいるので、ラジオで取り上げてもらえないかしら」と言ってきた。「いいものだったら、推薦してあげるわ」と言うと、一人の詩人がN

ＨＫにやってきた。緑のマントを羽織り、「おお、武井さん！」と、おおげさな身振りで登場した。それが野上彰で、律子のご亭主だった。昭和二十年代、町はまだどこも灰色で、国民服のような姿ばかり。そこへ、マント姿だけでも人目をひくのだが、それが鮮やかな緑色なのだから、もっと驚いた。受付のお嬢さんも目を丸くして見ている。私は、慌てて彼を部屋へ連れていった。「ありゃ、黄金*バットだ！」彼を見たみんなが紙芝居のヒーローを思いだして笑っている。

　野上彰は、楽しい人だった。にこにこしながら、自分を売り込む。自己ＰＲというか、その表現が変わっている。「この作品は、後世に残る名作だ」などと、自分の作品を褒めちぎる。普通なら嫌味なセリフだが、彼が言うと、愉快で笑ってしまう。あの頃、自分を売り込む人なんていなかった。今なら、そんな人もいるかもしれないが、その頃は皆無だった。開けっ放しの明るい人柄で、大勢の人に好かれた。

　仕事も、詩人としてばかりではなく、いろいろな分野のものを手掛けた。私の知る限りでは、創作童話の『ジル・マーチンものがたり』、『あしながおじさん』の翻訳、『東海道《とうかいどう》中《ちゅう》膝栗毛《ひざくりげ》』の現代語訳、外国童謡の意訳、その他、演歌のようなものまで書いた。私の記憶に間違いがなければ、森繁久弥《もりしげひさや》の歌も作詞していたように思う。

　私のところへ来た時、彼は必ずこう言った。「律子さんは元気です」と。

これは、自分の奥さんで、私の友人のこと。

「そうなの。よろしく言ってね」「はい」

また、次に来ると、にこにこして、「律子さんは元気です」と言う。

「よかった。じゃ、よろしくね」「はい」

嬉しそうに、必ずそう言った。いつもそうなので、終いにはおかしくなったが、私が笑っても、いつもにこにこ、そのまんまだった。

彼は、三人の子供に、好きな作家の名を一字、取ってつけた。横光利一《よこみつりいち》の光《ひかり》、川端康成《かわばたやすなり》の成《せい》、草野心平《くさのしんぺい》の草《そう》、その話をとても嬉しそうにしてくれた。

惚れっぽい野上彰は、律子さんとの結婚の後、もう一人、別の女性を奥さんにし、最後は二人の奥さんに看取られて亡くなったと聞いた。律子さんによると、私のことも、「憧れの人」なんて言ってたらしいけれど、そんな言葉、とてもあてにはならない。

野上彰は、人生を思いっきり自由に生きた、幸せな人だと思っている。
＊「黄金バット」とは、昭和初期の紙芝居の主人公で、金色の骸骨の姿をし、緑の衣装に赤いマントを着て現われた。昭和四十年代、漫画や映画、テレビアニメ化されている。

キラキラ星だった作家、平塚武二《ひらつかたけじ》

ちんちりちんちり　ちりれんげ
りちんちりちんち　げんれりち
はい、スプーン君

昭和二十六年一月から放送された、「スプーン君」のオープニングの言葉だ。台本は平塚武二、語り手は真山美保。真山美保は劇作家真山青果《せいか》の長女で、「新制作座」の創立者で演出家でもあった。ちりれんげは日本のスプーン、中華そばを食べる時のスプーンだ。それを言葉遊びにしたもので、抜群に新鮮でリズミカル。凄い人だなと、私は思った。

平塚武二は、『玉虫厨子の物語』を書いた作家だが、放送台本も多く手掛けた。お酒が好きで、原稿料が入ると、みんな酒代に消えたとの噂だ。朝だというのに、ざんばら髪、よれよれの服、お酒の匂いをぷんぷんさせてやってきて、放送時間ぎりぎりの原稿を、廊下やスタジオの隅で書いている。もう誰も使わなくなった「矢立て」と墨汁を下げ、筆で書く。「筆で書くの、大変じゃないんですか?」と聞くと、「いや、筆のほうが、疲れないんだ

よ」と答える。「原稿は遅いし、呑兵衛。嫌になっちゃう！」みんな、平塚武二のアルコールの匂いに悩まされながら、原稿を待っていた。

でも、出来上がった原稿は上質で楽しいものだったから、待った苦労も吹き飛んだ。

……いったい、どこから出てくるのだろう？　あの発想！　キラキラ星みたいな言葉の楽しさを、私は驚きながら眺めていた。

その頃私は、幼児番組の丁寧すぎる話し方が気になっていた。ほとんどの出演者は、「お歌を歌いましょうね」とか、「お花が咲いています」というような、やさしく丁寧な敬語を使う。子供は弱いもの、感覚的にも未成熟なものと思っている様子が窺える。そして、噛《か》んで含めるような言いまわしをする。丁寧なだけでなく、おだてるような感覚があるのも嫌な気分。もっと普段の言葉で語れないのだろうか。父親が自分の子供に、「どんな話が聞きたい？」「そうか、じゃ桃太郎のお話をしよう」というような、まったく飾らない言葉、普段の表現が欲しい、と思っていた。

子育て真っ最中の私は、子供を見ながら学んだ。子供は、頭の中で描いていたような、やわなものじゃない。案外逞《たくま》しくて健康的で、感覚的には大人よりも優れている。庇護しなくてはならないところもあるけれど、概して野放図で、図太い。これをおだてるなんて、

もってのほかだ。もっとおおらかに、のびのびと育てたいし、話をしたい……。

そう思った私は、新しい意図で「お話番組」をつくってみようと考えた。
・古今東西の民話や名作童話を、一人のおじさんが一週間連続で語る。
・「続きはまた明日」と期待を持たせて終わる紙芝居のような素朴《そぼく》な形式。
・語り手は、幅広い役がこなせる男性俳優を選ぶ。
ところが、この提案は先輩から猛反対を食らった。

「幼児には、やさしいお姉さんでなければ……」「男性は駄目。大体今まで成功したことがない……」「男性なら、おじいさんがいい……」そんなふうに言う。

「それなら、今までと変わらない。旧態依然じゃないですか」私はそうした今までの概念を崩したい、打ち破りたいのだと力説した。誰かがまた反対の意見を言いだそうとした時、当時の川上行蔵部長が言った。「武井さん、そのアイディア、おもしろそうじゃない。やってごらん！」

嬉しい鶴の一声だった。これで私の考えた通りの企画がスタートすることになった。そこで相談に行ったのが、呑兵衛のキラキラ星、平塚武二のところ。話を聞くと、「うん、おもしろい」と言って即座に相談に乗ってくれた。

私の狙いは次のようなものだった。

・父親が子供に話すような親しさで。
・男性的な線の太い言葉づかい。
・丁寧語はなるべく使わない。
・噛んで含めるような喋り方はしない。
・リズミカルな言葉、繰り返しの楽しさを大切にする。
この案に同意してくださったキラキラ星の平塚武二が、新しい構想で台本をつくってくれた。タイトルは「お話でてこい」。そしてこれがオープニングだ。

音楽　……トムトムによるリズミカルなテーマソング……
歌　でーてこい　でてこい　でてこい
　　でーてこい　でてこい　でてこい
　　おはなし　でてこい　おはなし　でてこい
　　どんどこ　どんどこ　でてこいこい
音楽　……トムトムの音楽高鳴り……終わる
おじさん　でてきた　でてきた　でてきたよ　そうら　でてきた。
　　さあ、でてこいのおじさんのお話だよ。

何てリズミカルな、印象的な登場なんだろう。言葉も韻を踏んでいて心地よいし、繰り返しの手法が見事に使われている。私の意図した通りだ。トムトムという楽器は後でティンパニーに変わったが、服部正の曲も素晴らしかった。すぐ覚えて歌える上に、一緒に「どんどこどん」とリズム打ちしたくなるような曲だった。

語り手のおじさんは、当時、「劇団民藝」の俳優だった佐野浅夫。歌も歌えて、シリアスなものも、ユーモラスなものも演じられる、幅の広い役者だと思い、選んだ。

初め佐野浅夫は、「幼児向け番組だというのに、何故、私なんですか？」と言った。彼は、どちらかというと堅い感じの作品に出ていたから、幼児番組と聞いて、不思議に思ったらしい。そこで私が、「これまでの幼児番組のイメージを変えたいので」と言うと、納得してくれた。相手役のチョットマッテ坊やには、まだ六歳で、字がやっと読めるようになったばかりの小柳《こやなぎ》徹《とおる》を選んだ。

実は、小柳徹がNHK児童劇団の試験を受けに来た時、私は試験官席にいたのだ。指導者が、次のような設定で演じるよう、六歳の徹に説明した。

「ただ今」と言って帰ってきて、「ママ」と呼ぶ。

でも、ママはいない。

もう一度呼ぶ。「ママ！」でも、返事がない。

心配になって、また呼ぶ、「ママ！」

だんだん泣き声になる。「ママ！　ママァ！」

これだけのセリフだったが、小柳徹は途中から泣き声になり、聞いている私ももらい泣きするほどの素晴らしい演技だった。六歳だというのに、抜群の想像力があり、それを表現できる子だと感心し、彼をチョットマッテ坊やに起用した。彼が、付き添いのお母さんに字を教えてもらいながら、「ちょっとまって！」と言って、難しい言葉について尋ね、おじさんが答える形で進める。

しかし、小柳徹は大きくなるにつれて忙しくなり、年齢も合わなくなって、この番組からは外れたのだが、代わりになる子役はいないと、チョットマッテ坊やの役柄は番組から消えた。ところが彼は二十歳ぐらいの時、自動車事故で亡くなったのだ。これからという時なのに、残念でならなかった。

試作番組が出来た時、言葉について審議していただくために、ＮＨＫの用語委員会で、国語学者や音声学の専門家に試聴していただいたところ、「素朴で、とてもいい言葉だ」と言われ、おおいに意を強くした。

昭和二十九年十一月八日、番組がスタートし、一般家庭からは好評の反応があった。しかし、幼稚園の先生方からは言葉についての批判の声が上がった。「子供は喜んで聞いているが、おじさんの言葉が乱暴だ」という。予測したとおりだった。なにしろ、その頃の幼稚園では、「お手々をきれいにしましょう」「お帰りのお支度は」「お絵描き」「お鞄」という、とても丁寧な言葉づかいがされていた。そこへ、「やあ、みんな元気かな」「じゃ、お話ししよう」という言葉が飛びこんだのだから、土足で入られたような感じだったと思う。戸惑ったのも無理はない。しかし、そうしたことに気づいていただくのも狙いのひとつだった。反論は覚悟の上、そのことと実際に向き合い、素朴な言葉のよさに気づいてもらう、それが私の仕事だと考えていた。

私は番組研究会に出て、幼稚園の先生方に話を聞いてもらった。

「親しみを込めた父親感覚の言葉だということ」
「用語委員会の国語学者の方々も素朴でいい言葉だと言われたこと」
「『お』をつけずに、言葉本来のかたちを大切にしたいこと」
「幼児語をやめ、正しい言葉に慣れさせていきたいこと」
「言い方を優しくすることで、決して乱暴にはならないこと」
「表現を大切にし、丁寧に心を込めて話すように心掛けていること」

ひとつひとつお話をすると、みんな理解してくださった。それがだんだん浸透していき、子供たちが喜んで聞くことによって、批判の声は少なくなっていった。

それから何年になるのだろう、言葉や話し方は変わった。初め、乱暴だと言われた「お話でてこい」の話し方が、今ではオーソドックスで、むしろ丁寧過ぎるようにさえ聞こえる。

「お話でてこい」が、あの頃の幼児への話し方を変えた。少なくとも、新しい語り方のきっかけを作った。付け加えるなら、「子供観をも変えた」といっていいと考えている。その原動力になったのは、作家、平塚武二の優れた発想だった。私はそのことを、はっきり言っておきたいと思っている。

実の母の死

「私、あなたのお乳を貰いに、あっちこっち連れて歩いたことがあるの」母の妹の和子おばさんが言った。「乳兄弟の農家へ預けられた時ね、私が見に行くと、ご飯粒のついたしゃもじを私に出して、食べろと言うの。すっかり農家の子になっちゃったみたいだった」和子おばさんは、そう言って笑った。私は幼い時、母のお乳が足らず、お乳を貰いにあち

こち連れまわされた。そのせいか、私には母への愛着が少なく、甘えた記憶もない。他人が母親への思いを語るのを聞くと、私は冷たい人間なのではなかろうかと思っていた。

母は、病気がちだったので、五人きょうだいのうち兄だけは母乳で育てたが、私と弟三人は乳母や人工栄養で育った。私のまわりに祖母や、ばあやがいて、面倒を見てくれたが、母は床についていることが多かった。前に述べたように、私が小学校に上がって間もなく、母は中耳炎になり、弟の伸夫を産むとすぐ、東京の帝大病院に入院した。現在だったら、中耳炎はそんなに大変な病気ではないのだが、当時は耳の後ろの骨を削りとる大手術をして、ようやく命を取りとめるという恐ろしい病気だった。退院後も母は一年半ばかり東京住まいをして通院したから、一番下の伸夫は、家に戻った母の顔がわからず、乳母に抱きついていたし、私も上の弟の郁男も、離れていた間に広がった母との距離はなかなか埋められなかった。

病後、母は薬のせいで、驚くほど太った。それを見た悪ガキが、「でーぶ、でーぶ、百貫でーぶ、電車に轢《ひ》かれて、ぺっちゃんこ！」などと囃し立てたけれど、私は涙ぐんでいる母を見て、慰めることも出来ない。もしかしたら、心の中では悪ガキと同じように、母を醜いと思っていたのかもしれない。

私はその後、実践女子専門学校へ行き、戦争で半年繰り上げ卒業になるとすぐ、アナウ

ンサーとなった。家事を学ぶ時間など全くなかったし、戦後も働き続け、結婚し、母親になった。それに母は病気がちで、家事はお手伝いさん任せだったから、私は何も教えてはもらえなかった。たとえ母が主婦としてのしつけをしようとしても、私にはそんな時間は皆無だった。そういう意味では、私は欠陥だらけの人間なのだ。

私が結婚する時、母は「電車に乗ると酔うから」と言って式には出席しなかった、いや、出来なかったと言っていい。終戦直後のことで、乗り物も、現在のようにスムーズにいかなかった。だから無理もないが、私と母の間には、その程度のつながりしかなかったのかもしれないと思っていた。

結婚して七、八年たった頃だろうか、小島商店の当主の完吉叔父から電話で、「今、御茶ノ水までお母さんを連れてきているので、どこかへ入院させてくれませんか」と言ってきた。突然そんなことを言われても、と思ったが、とにかく行って様子を聞き、あちこち奔走して御茶ノ水の病院に入院させた。

ところが、二、三日すると、母が「退院したいから、すぐ来て」と電話で言ってきた。飛んでいってみると、「耳の遠い私のことを、看護婦さんが笑うから、ここにいるのは嫌」と言う。無理に入院させてもらった私は呆れるしかなかったが、あちこち謝って家に戻した。

私が三十五歳の時のこと、今度は、千駄木町の病院に入院したとの知らせが来た。母はこのところ調子が悪く、叔父に頼んで入院させてもらったという。仕事の帰りに立ち寄った私が、「今度はお医者様の言うことをよく聞いて、早くよくなってよ」と言うと、素直に頷いてくれた。

私は仕事帰りに毎日、母を見舞った。短い時間だったけれど、母とゆっくり話すことが出来た。母はそんな私を、毎日待っていたようだった。

一週間ぐらいたった頃だろうか、私がいつものように病室に行くと、母は眠っていた。無理に起こさないほうがいいかもしれないと思い、暫くいてから、付き添いの、父の一番下の妹に挨拶して病室を去った。

ところが、その日の深夜、母の容体が急変した。早朝の電話に、取って返してみると、母は昏睡状態だった。「前の晩、もう少しいれば、話が出来たのに！」そう思う私を、付き添いの叔母の言葉が直撃した。「照子さんが帰った後、目が覚めたお母さんは、あなたがいると思って何度も呼んでいたの、照子ぉ、照子ぉって」

私は涙が溢れて、そこに立っていることが出来なかった。「照子、照子」と呼ぶ、母の声が聞こえるように思った。何故、もう少しそこにいなかったのか、母の目が覚めるまで

いて、話を聞いてやれなかったのか、そう思うとまた涙が溢れた。

それが、母との永遠の別れだった。病身だった母は、自分の命を削りながら、私たちきょうだい五人をこの世に送り出してくれたのだ。子供を抱こうとしても、世話をしようとしても、病気で出来なかった。どんなに辛かったことだろう。それなのに私は、母を優しい目線でとらえることが出来なかった。その悔しさは、今でも心をよぎる。詫《わ》びようとしても、もう母は、いない。

私は母を失って、初めてその存在の確かさに気づいた。母がいなければ、私はいない。母の苦しみがなければ、私は存在しないのだ。

現在の私を、誰かが優しいと感じることがあるとしたら、それは母から貰ったものだ。母は、どんなに辛くても、苦しくても、誰も恨まず、優しさと、赦《ゆる》しとを、身をもって教えてくれたのだ。私は今、それを心に刻んで、生きている。

テレビ時代が来た

昭和二十八年二月、待望のテレビ放送が始まり、クイズ番組の「ジェスチャー」などが人気を集めた。

幼児向け番組は、それから三年後の昭和三十一年、「幼稚園・保育所の時間」として週二本、十一時三十分から二十分「みんないっしょに」と「人形劇」が始まり、それが昭和三十五年には週六本になった。

家庭にいる幼児に向けては、昭和三十四年に「おかあさんといっしょ」が、十三時四十分から二十分放送され、「うたのえほん」と体操が八時三十分から始まったのは、昭和三十六年だった。

初めの頃は、研究の名目で幼稚園にテレビを貸し出し視聴してもらったが、画像が安定せず、困ったこともあった。しかし、昭和三十五年頃になると、ほとんどの子供がテレビに夢中になり、音だけのラジオへの興味が薄れてしまった。それでも暫くは、幼稚園などで聞かれていたが、間もなくテープに録音して聞くようになり、ラジオの特性は全く失われてしまった。

そんなテレビ全盛時代の中で、私はラジオ番組の制作に没頭していた。というのは、みんながテレビに関心を向けていて、真っ当なラジオ番組を制作する人材がいなくなってしまったからだ。そのお蔭で、昭和四十年に始まった教育番組国際コンクール「日本賞」に参加、昭和四十三年、わらべ歌の番組で、ラジオ部門のグランプリを受賞した。それから五年後の昭和四十八年には、再びこの「日本賞」に参加、言葉遊びをテーマにした「『お

話でてこい』——かきくけこ・かきくけこ——」で、文部大臣賞を受賞することになった。

私はラジオが誕生した大正十四年に生まれ、ラジオの言葉と音で育った。しかし、テレビは絵が中心で、言葉と音は、それを補う形だ。番組を制作するためには、根本から学び直さなくてはならない。テレビに転身するには、たくさんの時間と勉強が必要だ。しかし私には、その時間がなかった。私はその頃、番組制作以外の仕事も抱えていた。そのひとつが放送教育研究会だった。昭和三十年頃、学校や幼稚園で、放送を利用した研究授業が行われるようになり、昭和三十一年には、その大会が札幌で開催された。それから毎年、全国各地で行われるようになり、私はその授業を参観したり、教師との討論などに参加する仕事が増えた。

また、昭和三十七年に設けられたNHK児童文学奨励賞の準備作業もあった。選考委員は、川端康成、久保田万太郎《くぼたまんたろう》、竹山道雄《たけやまみちお》、坪田譲治《つぼたじょうじ》、藤田圭雄《ふじたたまお》だった。この賞は昭和四十一年からNHK読書委員会となり、昭和四十四年まで続いた。委員は、大佛次郎《おさらぎじろう》（作家）、坂西志保《さかにししほ》（評論家）、崎川範行《さきかわのりゆき》（東京工業大学教授）、七条美紀子《しちじょうみきこ》（日本図書館協会嘱託）、神宮輝夫《じんぐうてるお》（児童文学翻訳家）、鳥越信《とりごえしん》（早稲田大学助教授）、藤田圭雄（詩人）、柳内達雄《やなうちたつお》（東京都立教育研究所員）というメンバーだった。

推薦された主な作品を挙げてみると、『ハンニバルの象つかい』（ハンス・バウマン）、

『グリーン・ノウのお客さま』（ルーシー・M・ボストン）、『小さな魚』（エリック・C・ホガード）、『ともしびをかかげて』（ローズマリ・サトクリフ）など、どれも心に残る素晴らしい作品ばかりだ。

このような仕事で作家や研究者に出会い、現場の教師たちとも触れ合うことができた。テレビ制作に手が届かなかったのは残念だが、ラジオ制作の場にいて、より多くを学ぶことができ、幸せだったと思っている。

六、素晴らしい人との出会い

「自分の持っている言葉で」と教えた土岐善麿

ＮＨＫでは、ラジオの新番組を作ると用語委員会にかけて、委員の先生方にその中の言葉を審議していただくことになっていた。私は「お話でてこい」を作った時、その委員会で、次のように発言した。

「どうぞ、お聞きいただいて、忌憚《きたん》のないご批判をお願い致します」

出席されていたのは、日本を代表する国語学者ばかり、土岐善麿、金田一京助といった方々だった。すると土岐善麿が、私の顔をチラッと見て言った。「今の言葉は、あんたには似合わないよ」と。

私は驚いた。番組のことではなく、私の話した言葉について言われたのだから。でも、

咎めるような口ぶりではなかったので、恐る恐る聞いた。「では、どんなふうに言ったら、いいのでしょうか？」

すると、彼はこう言った。「いやあ、あなたが持っている言葉でいいんだよ。女性なんだから、優しい言葉で言えばいい。……お聞きくださって、お感じになったことを、自由におっしゃってくださいますように、これでいい！」

目からうろこが落ちたとは、こういうことではなかろうか。

考えてみれば、僭越《せんえつ》だの光栄だの、忌憚だの、借りものの言葉を使ったらおかしいのだ。第一、似合わない。自分の持っている言葉で、その人らしく言う、そのほうがずっといい。土岐善麿の大切な教えだった。

私は決めた、自分の持っている言葉で話すことに。どんな場所でも自分らしく行こうと決心した。

教育番組国際コンクール「日本賞」の授賞式の時、私は受賞者としてスピーチをすることになった。皇太子ご夫妻（現・上皇ご夫妻）がおいでになり、テレビ中継もあったことで緊張はしていたが、自分の考えることを、一生懸命、自然体で話した。

すると、パーティーの時、ＮＨＫの古垣《ふるかき》元会長に、「とてもいいお話でしたよ」と言われた。続けて、「あなたのは、心が籠っていました。でも、ほかの方のをごらんなさい。

全く心がありませんでしたからね」と、にっこりされた。そう、ほかの大臣や知事のスピーチは、どなたかが書かれた型通りのもので、それを読まれただけだったから。

そして私のスピーチを聞いた歴史学者、東京教育大学の西山松之助《にしやままつのすけ》教授が、毎日新聞に次のような記事を書いてくださった。


「世界五十四カ国八十五の機関が参加して行われたラジオ、テレビの『日本賞』教育番組国際コンクールで、武井照子さんの作品『お話でてこい』――かきくけこ・かきくけこ――が文部大臣賞をうけた。

大臣手ずからの賞を受けた武井さんは『言霊のさきはふ国』であった日本だのに、近ごろはさびしいことになった。そこで『かきくけこ・かきくけこ』でおわかりのように、ことば遊びをした。入賞など思いもよらなかったが、外国の方々の審査で、これが入賞したことは、日本語の美しく豊かなことをおわかりいただけたからだと思えて、たいへんうれしい、という意味のあいさつをされた。

十五の賞のうち、日本はこの賞だけであったが、武井さんのあいさつで、私は自分自身日本語について開眼《かいげん》された。日本語の見るという言葉は、網膜にうつる感覚でうけとめるはたらきだけを意味してはいない。さわってみる、食べてみる、聞いてみる、嗅いでみる、

してみるなど、見ると、視るという言葉だけとってみても、無限の豊かさがある。日本人ほど自国の古典を知らない、自国の文化を大事にしない国民はない。いつでも開発途上国であったからだろうが、さびしいことである。『かきくけこ・かきくけこ』に開眼された私は、見わたしてみると、日本中みな私のような人間ばかりのように見えるので、視点はここが原点でなければならない、と性根を据えたところである」

（昭和四十八年十月二十六日、毎日新聞「視点」）

この記事から五十年近くもたった。……日本人ほど自国の古典を知らない、自国の文化を大事にしない国民はない……。西山松之助教授の言葉は今も重く、心にのしかかる。たった二分のスピーチなのに、こんな記事を書いてくださるなんて、私には夢のような出来事だった。

『ふたりのロッテ』と河合隼雄《かわいはやお》

ある雑誌に、当時、京都大学教授だった河合隼雄が、ケストナーの『点子ちゃんとアントン』のことを書いておられた。後に文化庁長官になられた方である。私はとても嬉しか

った。『点子ちゃんとアントン』は、私にとって忘れられない作品なのだ。童話の中に、こんな面白いものがあると気づいた、初めての作品だったから。是非お話を伺いたいと大学に電話し、京都での収録を約束した。

大学に伺ったのは、丁度桜が真っ盛りの時だった。『点子ちゃんとアントン』については、もう雑誌に書いてしまったので、『ふたりのロッテ』にしようということになった。『ふたりのロッテ』は、それぞれシングルファザー、シングルマザーのもとで暮らしている二人の少女が、サマー・スクールで出会い、実はお互いが双子の姉妹であったことを知る。二人は両親を復縁させようと、入れ替わって父母のもとに帰っていく。その混乱を経て、二人の力で両親ともども幸せになるという物語だ。両親の離婚という、今読んでも新しいテーマを扱っているが、随所で大人のエゴが指摘され、楽しみながら考えさせられる作品になっている。

河合隼雄は、心理学者の立場から、「二人」の意味について話された。「作品では、ロッテとルイーゼという、二人の子供の話になっていますが、ひとりの人間でも、二つの面を持っている、そのことを教えています。お母さん方は、よく、『この子は前向きなので』とか、『この子は引っ込み思案で』とか、一面だけを見て決めてしまわれますが、実はそうではない。人間は別の面も持っているのです。前向きな子でも、内向的なところはある。

それを見ないといけない。大人でもみんな、そうなのです。人を一面だけ見て判断するのは間違いです。ケストナーは、そのことを言っているのです。双子というのは、心理学者にとって興味のあるテーマですが、ケストナーは、それをよくとらえて作品にしています。心理学の観点から見ても、非常に優れた作品だと思います」

私はこの作品が好きで、何度も読んだが、そういう点には心が及ばなかった。作品を多角的に読むことの大切さを思い知らされた。「人はみんな、いろいろな個性を持っている。一面だけ見て判断するのは間違い」このことを肝に銘じようと思った。

「賢治《けんじ》さんはね」と語った長岡輝子

私は「婦人の時間」で長岡輝子にお会いしてだいぶ経ってから、彼女が盛岡の方言を話せると聞いた。それなら、宮沢《みやざわ》賢治の作品を読んでいただこうと、ラジオで「私の好きな童話」という連続ものを企画した。取り上げた作品は、「鹿踊《ししおど》りのはじまり」「永訣の朝」などだったが、彼女の話す盛岡言葉の美しさに魅せられた。

「永訣の朝」という詩の中に、「あめゆぢゆとてちてけんじや」という言葉がある。盛岡の方言で、「冷たいみぞれ雪を、取ってきてくれないか」と、妹のとし子《こ》が、兄の賢治に

頼む言葉だ。これを長岡輝子の盛岡言葉で聞くと、その風景が浮かぶ。ニュアンスが伝わってくる。これが宮沢賢治の書いた言葉なのだと思った。

また、誰もが聞いて知っている「雨ニモマケズ」について、長岡輝子はこう言っている。

「この詩はね、祈りの詩なの。賢治さんはね、ひとにこういうものになってほしいと言っているんじゃないの。賢治さん自身が、祈っているの、こういうものに私はなりたい！って」

長岡輝子は、「賢治さんはね」と言って話された。彼女のなかでは作家の宮沢賢治ではなく、故郷を同じくする「賢治さん」らしい。こうした思いで読まれた長岡輝子の「雨ニモマケズ」は、誰からも聞いたことのない祈りの詩だった。それも、盛岡の匂いのする「雨ニモマケズ」で、これが本当なのだと思った。

私は、長岡輝子が盛岡言葉を話す時、深い息遣いから始まることに気づいた。胸にいっぱいの息を入れ、それから声が出る。時によると、驚くほど高い音域の言葉になる。その音の高さに驚くほどだ。また、全体に「ん」（n）の音が入っていて、温かな感じだ。

また、演出家でもある長岡輝子の表現力の豊かさによるものだろうが、「紫紺染について」に登場する山男など、セリフの声を聞いただけで姿が浮かび、そのユーモラスな風情に、思わず笑いがこぼれる。これらの言葉や音は、文字で表わすことは到底、いや、絶対

出来ない。

私は長岡輝子の盛岡言葉を聞いてから、地方の言葉に対する考えが変わった。アナウンサーとして共通語を学んだ私だが、それを根底からひっくり返されるような経験だった。日本には、共通語以外に、こんなに豊かな、美しい言葉があるのだと初めて思った。

教えてくれたのは、長岡輝子である。

波瀬満子《はせみつこ》、そして谷川俊太郎との出会い

波瀬満子に会ったのは、昭和四十七年頃のこと、NHKの一階の、だだっ広い食堂の一角。「詩を読む女優」と紹介されて、演出家だという寺田晃《てらだあきら》と一緒に来た。私が五十歳近くになった頃だから、波瀬は四十代半ばだったろう。「詩を読む女優」なんて紹介は、あんまり好きになれないな。きれいごとで朗々と読まれてはかなわない。この人はどうかな？　と思いながら、波瀬の話を聞く。波瀬は美人でもなく、若くもない。声もあまりいいとは言えない。さて、この人、何かに使えるかしら、そう思いながら聞いた。

女優を目指したのが遅かったこと、劇団ではあまり使われず、一緒に来た寺田たちとグループを作り、活動していること、詩を素材にしたものをやりたいことなど、いろいろ話

してくれた。私は、どんなステージをするのか見たいと思い、「どこかで詩を読む機会があったら、連絡してくださいませんか？　そしたら、見に行きますから」と言って別れた。

すると、その年の十二月十一日に、高田馬場の「十一時館」というところで詩を読むというので、出かけていった。そこは、「歌声喫茶」のような店で、みんな賑やかに飲んだり食べたりしている。「こんなところで、詩を読むの？」そう思いながら、飲み物を注文して一息いれていると、間もなく、波瀬が現われた。中二階の少し突き出たところに、ピエロのような派手な衣装で登場だ。「ハロー、エブリボディー！」客たちはいっせいに彼女を見た。「ホワイトカラー、ブルーカラー、アンド、ローカルカラー」どっと笑いが起こる。「何だ、あれは？」みんな、波瀬に注目した。

「ホモサピエンス　ヒト科のメス　はせみつこ」

波瀬は大袈裟に手を広げ、隅々の人にまで自分を売り込んでいる。その後、波瀬は詩を読んだ。ある詩は、身振り手振りを交えてイメージを描きだし、ある詩は、パントマイム、眼差し、ウインクなども使って……。また、機械音のようにまくしたてる言葉もあり、ジャズのリズムに乗せて、リズミカルに読む詩もあった。客たちはその詩に乗って、笑い、拍手をし、歓声を上げた。ここまででも私にとっては驚きだったが、この後、もっと驚く

ことがあった。帽子を取った波瀬はうやうやしく一礼し、こう言った。「みなさん、もし、今日の私の演技がいいと思ったら、この帽子にお金を入れてください」と。

私は目を丸くした。えっ、ここまでやるの？　こんなことまで？　そんな私の危惧など、波瀬はどこ吹く風！　晴れやかな顔で帽子を手に、みんなの周りをまわっている。こんなこと、あり？　プライドなどかなぐり捨て、大道芸人のように地べたに身を置いて。大学まで終えた、ちゃんとした家の女性だというのに、こんなことが出来るなんて！

私はこの時の波瀬に、一種の感動のようなものを覚えた。波瀬は、言葉を表現することにすべてを賭けている。オーバーに言ったら、命まで賭けている。しかし、こんな女優を、受け入れてくれるところがあるだろうか？　ほうっておくと、誰にも認められずに、切り捨てられてしまう。絶対除外される。「道」という映画の、ジェルソミーナのように、野垂れ死にするのではなかろうか。私は何とか波瀬を助けよう、彼女がやろうとしていることを認めてやろう、という気になった。それは、その時の波瀬の、ひとすじの思いに感動したからで、彼女の演技があまりにも健気で、美しく思えたのだ。「野垂れ死に」という言葉は、波瀬の詩の会のプログラムに、詩人の谷川俊太郎が書いた言葉だ。「このままだと、波瀬は野垂れ死にするかもしれない」と。

波瀬は、私に言った。「谷川さんって、ひどいわよねえ、私のことを野垂れ死にだなん

て！」

「でも私、全く同感よ」と言うと、「だけど、ちょっと言い過ぎじゃない？」そう言いながら、波瀬は愉快そうに笑っていた。ひどいと言ったわりには、面白がっているように見えた。

「野垂れ死に」とは、路傍に行き倒れた、わびしい人の死のことを言うのだろうが、私には、ひとつのことを信じ、全うした、純粋な人間の生きざまを言っているように思えて仕方がない。谷川俊太郎は、純粋過ぎる波瀬のことを象徴する言葉として使ったのだと思っている。

この十一時館での出来事が、私と波瀬の、本当の出会いとなった。


私はその頃、子供たちに詩を読んでやりたいと思っていた。特に、音として楽しい詩が欲しい。幼い頃口ずさんだ、楽しい言葉の詩があるはずだ。そう思って探してみた。近代詩から現代詩まで、子供のための詩にこだわらず、大人の詩であっても、音として鑑賞出来るものはないか、探してみた。見つかったのは、北原白秋《きたはらはくしゅう》、草野心平、まど・みちお、阪田寛夫、谷川俊太郎などであった。まずそれを子供たちに聞かせて、反応を見ようと考え、その語り手の役を波瀬満子に決めた。波瀬ならきっと、うまく対応できるだろう

と。

幼児は、語り手に対して全く遠慮がない。思った通りを口にする。時には予期しない、驚くようなことを言うから、語り手は対応に苦慮するのだけれど、実はそこが面白い。波瀬なら、その面白さを引き出せると思った。

西巣鴨幼稚園の林理代《はやしみちよ》教諭に意図を説明し、協力を依頼した。彼女は後に「ことばあそびの会」の発起人にもなった人で、経験豊かな教師だった。林は何の条件も示さずに、私と波瀬が幼稚園に行き、詩を読むことを了解してくれた。

巣鴨の地蔵通りの両側に、袢纏《はんてん》を売る店や、食べ物屋など、古く懐かしい店が並んでいる。幼稚園は、とげぬき地蔵を過ぎ、都電の線路を横切ったところにあった。教室に行くと、子供たちは、ちょっと場違いな女優、波瀬を珍しそうに迎えた。それでもすぐに打ち解けて、波瀬の話を聞いた。

谷川俊太郎の「さびしいな」という詩を読んだ時のこと、「遠くでだれかが呼んでいる」という言葉に、ひとりが言った。「誰かがいれば、さびしくないよ！」

子供にとって、友達の誰かが声をかけてくれたら、嬉しいのだ。淋しくなんか、ない。

「海はだれがつくったの？」という詩の時、波瀬が尋ねる人と答える人と、二人に分かれた表情で読んだところ、子供が言った。「漫才みたい！」波瀬も苦笑して、「本当だ！　漫

才みたいだね」と同調した。その頃の女優だったら、ほとんどが顰蹙《ひんしゆく》し、怒ったはずだ。絶句して、席をはずしたかもしれない。しかし波瀬はたじろがなかった。「そうよね」と、子供と同じ感覚で受け止めた。

私は以前、アナウンサーだったので、対話やインタビューの心得について学ぶ機会が多かった。インタビューする時は、「相手の心を聞く」ことが一番大事だ。自分をカラッポにして、相手に向かう。初めから聞く項目を立てたり、順序を決めたりして相手に向かうのはよくない。自然体で、全身を耳にして聞く。そうすると、相手は心を開いていろいろ話してくれる。そこから空気がほぐれて面白い話になるのだ。しかし本当は、こうすることは難しい。冒険心がいる。でも、無手勝流で聞いてこそ、話が面白くなるのだ。自分を無にして、子供の心を聞こうとした波瀬のやり方が私の心を捉えた。「うん、あれでいい」と。

その後、波瀬と西巣鴨幼稚園の子供たちを出演させ、「『お話でてこい』——かきくけこ・かきくけこ——」という番組を制作した。これは、子供のための詩を材料に、音としての言葉の楽しさを伝えるものだ。波瀬と子供たちのやりとりの、自然で飾らない言葉、可愛い表現が、番組をより豊かに楽しくしてくれた。この番組は、前に紹介したように、昭和四十八年、教育番組国際コンクール「日本賞」で、文部大臣賞を受賞した。選考委員

の大半が外国人だったから、日本語の音韻の美しさが理解されたに違いないと思い、とても嬉しかった。

谷川俊太郎に会ったのは、彼が四十代後半の頃だろうか。もともと知り合いだった波瀬満子に連れられて、彼の荻窪《おぎくぼ》の家へ行った時だ。父親は有名な哲学者である谷川徹三《てつぞう》で、彼も「二十億光年の孤独」の詩で知られる詩人だから、私はちょっと緊張していた。

彼は育ちの良さを思わせるさわやかな感じで、こちらの話もきちんと聞いてくれ、その部屋にあった、ダルシマーという珍しい楽器の話などをしてくれた。

「小さいころ、お客さんがくると、そこにあった置物について滔々《とうとう》と説明したりして、きっと、厭《いや》な子供だったのでしょうねえ」などと、笑ったりして楽しかった。自然体で、どこにも気取ったところがないのだから。

谷川俊太郎は、八十を過ぎてからも、いつも普段着のTシャツを着て、紐のついた眼鏡を首からぶら下げ、誰の言葉にも素直に耳をかたむける。こんなに素直に、自分を語れる人がほかにいるだろうか。でも作品は、優しい言葉の中に、強烈なテーマがある。誰にも考えられないものを言葉にしている。やっぱり、凄い詩人だ。まど・みちおは、前述したように、谷川の詩「こわれたすいどう」が好きだと言い、「谷川俊太郎の詩は、新しく美

しい。そして、精神の明断さがある」と評した。精神が明断であるとは、何というういい表現だろう。「そんなの、ほめ過ぎですよ」と、谷川俊太郎は言うが、まど・みちおの言う通り、精神の明断な詩人だと、私も思っている。

「地べたを這いずり回って生きてきた」寺田晃

波瀬満子のところにいた演出家、寺田晃は、痩身で長い髪、ギロリと光る目で、あまり笑顔を見せないから、「暗い感じのする人だなあ」というのが初対面の印象だった。付き合いが長くなっても、その印象はあまり変わらなかった。言葉づかいは丁寧だが、反論する時になると、白い目をし、つっかかるような態度だ。私はそういう人だと思い、別に気にもしていなかった。

幼稚園の先生向けの本を一緒に編集することになったが、意見が合わない。彼が新劇の本を作るような堅苦しい文章を書くので、私は先生方に判るよう親切に書くべきだと主張し、お互いに譲らなかった。彼は腕組みをし、きつい目で私を見るばかりで、黙ってしまう。私は焦《じ》れて、「そんなら、勝手にして。私はおりるから」と、捨てゼリフを言う羽目になった。すると彼は、ポツリとこう言ったのだ。

「武井さんは明るい道ばかり歩いてきた人だ。僕のような、地べたを這いずり回って生きてきた人間のことは判らない」

私は、この言葉に胸を突かれた。これまで彼が、どんな思いで生きてきたかを知ったからだ。私は自分の思いやりのないことを恥じ、素直に謝った。しかし、気まずい雰囲気がその場を流れた。それを救ってくれたのが同席していた谷川俊太郎だった。

「寺田さん、武井さんの言うことの方が正しいと思うよ。今回は、武井さんに原稿を書いてもらったらどう?」と。それで寺田も納得し、一件落着した。

その後、寺田とは、「ことばあそびの会」を立ちあげたり、教師の言葉研究をやったり、一緒の仕事が出来るようになっていった。

昭和五十九年、NHKを定年退職した後、「つくば万博」の「子ども劇場」のプロデューサーになった私は、演目の一つに、波瀬の「アラマ先生」を選んだ。その契約のため、国際科学技術博覧会協会の事務所を訪れた寺田晃は、それまで見たこともない、晴れやかな笑顔だった。そして、こう言った。「波瀬にとって、一世一代の晴れの舞台です。ありがとうございました」と。

でも、それが最後だった。彼は苦しい闘病の末、亡くなり、本公演には姿を見せなかった。

谷川俊太郎は、寺田とお別れの際、彼のために詩を捧げた。私は、寺田晃の「武井さんは明るい道ばかり歩いてきた人だ。僕のような、地べたを這いずり回って生きてきた人間のことは判らない」という言葉を大切にしようと思った。あの言葉を言われなかったら、私はもっと人の心が読めない、嫌な人間になっていただろうと思うから。

灰谷健次郎《はいたにけんじろう》から来た「NO」の返事

童話の放送許可願いを出した私に、作家の灰谷健次郎が、「NO」という、拒否の返事を返してこられた。拒否の理由は、1、NHKが嫌い。2、放送料が安い。3、住所を間違えて放送料を送った。と三つ書いてあった。私は正直にお話しして、判っていただくしかないと思い、恐る恐る、電話で次のように言った。

1のNHKが嫌いということは、私ではどうにもならないが、お願いしたのは私なので、私の話を聞いてほしい。2の放送料については、「学校放送」の枠の中なので、教科書扱いとなり、普通より安い。NHKの放送料が安い上に、もっと安くなるのだから、あなたの言われる通りだと思う。3の住所の間違いは、私のやったことではないが、注意するよう連絡する、と。

そのように、思った通りのことを丁寧に話してみた。すると灰谷は、頑《かたく》なな態度を崩して、「あなたがそう言うなら、いいですよ」と、「ＯＫ」の返事をしてくださった。

私は、思ったことを正直に、心を込めて話せば気持ちは通じるものだと思った。それで私の企画は無事に通ったのだが、それ以後、暫くの間、私は灰谷健次郎のＮＨＫでの仕事の取り次ぎ役のようになった。

私は、彼を谷川俊太郎に会わせてみたら面白い話が聞けるのではないかと思うようになった。大勢のきょうだいの中で、庶民的に育った灰谷健次郎と、哲学者の谷川徹三を父親に持ち、一人息子として大事に育てられた谷川俊太郎とを会わせたら、きっと面白い話になる。そう考え、二人に意向を伺ってみた。するとどちらも、一度会ってみたかったという。

こうして収録した対談は「子供って何だろう」というタイトルで、「こどもの日特集」として放送されたのだが、その中で、思わぬ話が聞けた。豊かで楽しい子供時代を過ごしたはずの谷川は、自分の子供時代は繰り返したくないという。子供時代は、真っ暗な宇宙にただひとり、という孤独感の中にいた。両親は自分と同一であって、友達がいなければ、全く孤独なのだと。

灰谷は、大勢のきょうだいの中で育ち、食事に遅れていくと、食べるものがなかったと

いうような貧しさだった。それを聞いた谷川は、羨ましいと言った。一人っ子が多いこれからの時代は、谷川俊太郎のような子供が増えるのかもしれない、そんな話にもなった。全く違う環境に育った二人の話は、なかなか面白いものだった。

「ことばあそびの会」発足

「ことばあそびの会」を作ったのは昭和五十二年のこと。言葉の響き、語感、リズムなどを大切にしようと考えた人たちが集まり、会を作った。発起人は、詩人の谷川俊太郎、同じく詩人の川崎《かわさき》洋《ひろし》、女優の波瀬満子、演出家の寺田晃、坪《つぼ》井広《いひろし》、日本青少年文化センターの田村《たむら》民雄《たみお》、幼稚園教諭の藤森《ふじもり》理代（旧姓・林）、そして私、というメンバーだった。

谷川俊太郎は、会のタイトルを「ことばあそび」にしようと提案したが、みんなは、ちょっと首をひねった。その頃一般には、「言葉遊び」の意味が理解されていなかったから、タイトルに掲げて判ってもらえるだろうかと考えたからだ。しかし谷川は、活動を通してその意味を浸透させればいい、まだ手垢のついていない「ことばあそび」という言葉を掲げ、判ってもらおうと訴えた。発起人全員がその提案に賛成し、会の名は「ことばあそびの会」と決まった。

こうして発足した「ことばあそびの会」の主な活動は、次の四つ。

1　子供たちが楽しめる詩の創作
2　日本及び世界各国の伝統的な言葉遊びの再発見
3　新しい言葉遊びの創作（なぞなぞ、しりとり、早口言葉、絵描き歌、回文など）
4　出版、上演、放送などの活動

活動の拠点は、波瀬満子の渋谷の事務所。小さなビルの屋上に建てられた古い建物で、雨が降ると、雨漏りがするような掘立小屋だった。そこにみんな集まって熱く語った。谷川俊太郎と川崎洋は言葉遊びの詩を手書きで持ってくる。寺田晃はイベントの企画、私はラジオ番組の提案、みんな、それぞれ出来ることを始めた。今では、「言葉遊び」の大切さは、ほとんどの人が認識しているが、その頃は全く理解されなかった。波瀬満子が、どこへ行っても門前払いで、言葉遊びなど、単なる語呂合わせのようなものだ、教育とは無関係と言われたと嘆いていた。

こんなことがあった。谷川俊太郎の「いるか」が教科書に載った時のこと、教師用の指導書とやらに、「イルカは何匹ですか？」という質問が書いてあったという。「居るか？」と聞くのと、動物の「イルカ」のことを言うのが楽しいのに、指導書では、意味だけしかとらえていない。それだけでも驚きだったが、この質問に、「イルカは三匹です」という

答えが書いてあるというに至っては、大笑いになった。居合わせた作者の谷川俊太郎に、「イルカは何匹ですか？」と尋ねたら、谷川は即座に答えた。「いるかいないか、判りゃしませんよ」と。

私は子供の頃に聞いた「三匹のヤギ」の話を思い出していた。

山深いところの谷川に、吊り橋がかかっていて、それが風に揺れると、「トリップ、トラップ」と鳴る。子ヤギが渡ると、吊り橋は可愛く「トリップ、トラップ」と鳴る。母さんヤギが渡ると、吊り橋は優しく「トリップ、トラップ」と鳴る。逞しい父さんヤギが渡ると、大きく「トリップ、トラップ」と鳴るのだ。私は、その「トリップ、トラップ」の言葉の変化が楽しくて、何度も読んでもらって楽しんだ。

次の「ヒコリィ　ディコリィ　ドック」という歌も楽しんで歌った。

Hickory, dickory, dock!
The mouse ran up the clock.
The clock struck one,
The mouse ran down,
Hickory, dickory, dock!

これがイギリスのマザーグースにある「時計の歌」だと知ったのは、随分後のことだ。それまで、意味も判らずにいたのだが、ずっと心の中にあった。音の響きが楽しかったからだろう。このことから言葉には、意味のほかに、音や音韻、リズムなどの魅力、楽しさがあるのだと思った。

考えてみると私たちはいろいろな楽しい言葉に触れている。長唄や浄瑠璃、浪花節、意味は判らなくても、音楽のような感じで受け止めている。私は、長唄の「宵は待ち、そして恨みて」というのを、「良いは町、そして裏見て」だと思っていた。私が習ったお師匠さんは何の説明もしてくれなかったが、長唄の美しい言葉とメロディーは、私の体にしっかり刷り込まれている。

マザーグースの「ラバー・ダブダブ」「ディン・ドン・ベル」「ハンプティー・ダンプティー」「ハイ・ディドルディドル」といった楽しい言葉が心の中にきっちり刻まれているから、イギリスの人たちは素敵な英語を語れるに違いない。

日本にも、楽しい言葉はたくさんある。昔話の中の言葉、「どんぶらこっこ、すっこっこ」「どんぶりかっきん、すこここんこん」（桃太郎）、「どっちゃらやい、ばっちゃらやい」（うりこひめ）みんな楽しくて、言葉を聞いただけで笑いがこぼれる。

ある著名な教育学者が監修した桃太郎には、「どんぶらこっこ、すっこっこ」がないそうだ。また、「犬猿雉《いぬさるきじ》が、家来になるのはよくない」と言って、「旗持ちになる」に変えたと聞く。旗持ちというのも納得できないが、「どんぶらこっこ」のない桃太郎なんて、私には信じられない。

谷川俊太郎に、詩で遊ぶ台本を依頼した時、冒頭に、「詩を遊び道具として遊んでほしい」と書かれていた。私には目の覚めるような言葉に思えた。大人の詩はもちろん、子供に読んでやる詩でも、言葉は変えてはならないとされている。それなのに、子供のためなら「詩は遊び道具にしていい」と彼は言った。いい言葉や詩は、どんな遊びにも堪えられるし、泥んこ遊びのなかでも生き続ける。それだけの逞しさがある。子供たちは、そんな遊びから、本当の意味での言葉を身につけていくのではなかろうか。「詩を遊び道具にして、思う存分遊びなさい。どうやったって、本当の言葉は壊れやしませんよ」という、谷川俊太郎の自信が見えた。

なお、「ことばあそびの会」の研究で、「教師の言葉研究」を行った。
「教師がどんな言葉を使って、子供に話しかけているのか?」
「教師の言葉は本当に子供の心を捉えているのだろうか?」

「教師はどんな考えで、子供に対して話をしているのだろうか？」

それらの疑問を持って、研究を行った。まず、学校の授業をＶＴＲに収録し、問題点を探った。実際の授業を収録することに協力的でない教師もいたが、神奈川、埼玉など、いくつかの学校が協力してくれて、その資料をもとに研究協議した結果、次の文章を谷川俊太郎がまとめてくれた。

教師の言葉研究（ＮＨＫ放送文化基金助成による）

一九八七年九月七日……ことばあそびの会

一、教師は画一的な押しつけの発想でものを言っていないか。

二、「伝えること」と「ともに考えること」の二つが、うまく入っているか。

三、ひとりひとりの子どもの反応を重視し、それがよくとらえられているか。

四、子どもの個性を尊重し、その差異を把握しているか。

五、演劇的な感覚（リズム、間、時間感覚）や、ユーモアのセンスがあるか。

六、教師自身も、子どもと共に学ぶ姿勢で授業をすすめているか。

七、話し言葉の句読点のような形で、書き言葉や絵、表情、身ぶり、映像機械などを使っているか。

八、ひとりひとりの子どもの音読の違いに気づかせているか（群読は無個性になりがち）。

そこから多義的な答えのあることに気づかせたい。

共同研究者　谷川俊太郎

波瀬　満子

武井　照子

寺田　晃

これは教師が話をする時に心してほしい言葉なのだが、一般の人にも当てはまるのではなかろうか。人間は、話す時、つい押しつけの感じになることがある。相手の反応を受け止め、じっくり聞くことを忘れないようにしたいものだ。

七、忘れえぬ人

写真家、柿沼和夫《かきぬまかずお》と編集者、中島和夫《なかじまかずお》

誰にでも、忘れることの出来ない何人かがいるに違いない。みんな、手の届かないところにいってしまった。

柿沼和夫は、昭和初期の作家や文化人の写真を撮り続けた一風変わった写真家である。私は初め、肖像写真を撮っていると聞いた時、そんな写真、誰にでも撮れるのではなかろうかと思い、あまり興味を持たなかった。ところが、彼の写真展でいくつかの作品に出会った時、その魅力に目を奪われた。中勘助、佐藤春夫《さとうはるお》の顔など、その一枚だけで、その人の感情や風格まで思い知らされるような写真だったからだ。

谷川俊太郎が構成と文を担当した『顔　美の巡礼』という柿沼和夫の写真集に載ってい

る写真は、昭和初期の作家、詩人、画家、俳優、作曲家などを網羅している。よくこれだけの人物を撮ったものだと感心するばかりだ。川端康成、三島由紀夫《みしまゆきお》、井伏鱒二《いぶせますじ》、吉行淳之介《よしゆきじゅんのすけ》、小林秀雄《こばやしひでお》、呉清源《ごせいげん》、芥川比呂志《あくたがわひろし》、アンドレ・マルロオ、イサム・ノグチ、セロニアス・モンク、まだまだたくさんの人物が載っている。これらの人々のところに出かけていった柿沼の努力や情熱は、計り知れない。

柿沼和夫と中島和夫、そして私の三人は、幼稚園、小学校と一緒に学んだ幼馴染みである。柿沼は、羽生の古い写真館の息子で、子供の頃は、男女が分けられていたせいもあるが、口を利いた記憶がない。もう一人の中島和夫のやんちゃだったのに比べると、あまり目立たない少年だった。それが、五十を過ぎて開いたクラス会が縁になり、柿沼と中島と私の三人で、時々会って話し合うようになった。柿沼は、会うたびにいろんな話をしてくれた。三島由紀夫の話や、川端康成、佐藤春夫の話など興味深いものばかりだ。その中で、呉清源を撮った時の話が心に残っている。

彼は、呉清源の写真を小石川の「もみじ」という割烹《かっぽう》で撮った。もとは岩崎家の屋敷だという建物で、江戸時代の風趣の残る広い庭があり、そこの土間から板敷の十畳ほどの場所にカメラを据えて、対局が終わるのを待った。暫くして、対局を終えた呉清源が戻ってきた。そして、目の前の座布団に座ると、ふうーっと息を吐いた。その瞬間、彼はシャッ

ターを切った。吸い込まれるような目だったという。

柿沼は「いい写真が撮れた！」と思い、急いで帰り支度をし、電車に乗った。興奮で座席に座らず、外ばかりを眺めていたが、窓に映るのは、今シャッターを切った時の、呉の表情だった。

現像し、プリントが終わると、すぐ事務所に持っていった。ところが、一番喜んでくれると思ったマネージャーのTさんが言った。「勝負師の、気迫が足りないのではなかろうか」と。

この一言で、柿沼は気勢を殺がれた。芸大を出て、絵のことが判る人だと思っていたTさんなので、目の前が真っ暗になった。どうしたらいいだろうと、いろいろ考えた末、大先生に聞くしかないと思い、田園調布に住む岡鹿之助《おかしかのすけ》のところへ行った。岡鹿之助といえば、文化勲章を受章した洋画の大家だ。しかし、突然伺ったにも拘《かか》わらず、彼はその写真を見てくれて、「静かな、いい写真ですね」と言ってくれた。その言葉に勢いづいた柿沼は、自分が一番尊敬する川端康成の家へ飛んで行った。

川端は、その写真を三十分も眺めていたらしい。それから、小さい声で言った。「いい写真ですね」と。聞き取れないくらいの小さな声だったが、柿沼は、飛び上がるような思いで聞き取った。それから川端家を辞すと、夜遅く、箱根登山鉄道に乗った。終電で強羅《ごうら》

まで行き、それから夜じゅう歩いた。恐らく気分爽快であったに違いない。七時頃、仙石《せんごく》原《はら》にある呉清源の家に行き暫く二階で待った後、写真を見てもらった。

「実は、マネージャーのTさんにお見せしたところ、勝負師の気迫が足りないと言われました」

すると、呉清源は言った。

「勝負師の気迫と言われるけれど、その気迫が表に出たら、勝つ試合も負けます」

そして、「碁は勝負ではなく、陰陽の調和です」と教えてくれた。

それにしても、柿沼和夫の格好は異様だ。今ではあまり見かけない、耳あてのついた防寒帽をかぶり、黒い革のジャンパーを着、膝までの長靴下をはいて、大きなリュックサックを背負っている。そして京都の偉いお坊さんからもらったという、立派な金剛杖を突いている。どう見たって山から下りてきたばかりの男だ。浮浪者と間違える人もいるかもしれない。私は谷川俊太郎に、「柿沼和夫は、幼馴染みなんです」と言ったら、「武井さんは、ヘンな人と友達ですね」と言って笑われた。

彼は、その純真さで川端康成に愛され、ノーベル賞の授賞式についていき、写真を撮った。

「柿沼さんの寫眞」という川端康成の文の一部を紹介する。

「*ザッキンの日本旅行にも、柿沼氏はつきまとつて、三千枚ほども寫し、この一枚を得た。小雨の高野山の夕方、根本大塔を見るザッキンの肖像寫眞は、やはらかくて美しい。柿沼氏がザッキンに寫眞を送ると、ザッキンは禮の手紙で、そのうちの一枚は、自分の彫刻と同じやうに永遠をとらへてゐると、書いて來たさうである。マルロオの寫眞にしろ、ザッキンの寫眞にしろ、柿沼氏は奇巧や奇趣をこらしてゐないが、異常の眞實を寫し出してゐる。つまり、惠まれたのである。この惠みを受けるための柿沼氏の純眞無二の執念と努力はたいへんなものである」

＊オシップ・ザッキンは、ロシア生まれのフランスの彫刻家。第二次世界大戦記念碑「破壊された都市」が代表作。

もう一人の幼馴染み中島和夫は、講談社の文芸誌「群像」の編集長を務め、大勢の作家と知り合った。正宗白鳥《まさむねはくちょう》、広津和郎《ひろつかずお》、尾崎一雄《おざきかずお》、舟橋聖一《ふなはしせいいち》、伊藤整《いとうせい》から、若い時の吉行淳之介、遠藤周作《えんどうしゅうさく》に至るまで、大変な作家とのつきあいがある。彼自身の著書も、編集者として書いた『文学者における人間の研究』（武蔵野書房）や、小説『銀河千里』（作品社）、『ある魂の履歴書』（武蔵野書房）などがあるが、話すのはあまりうまくない。その上、喋り出したらエンドレスだから、いつも、「その辺でお終い」と言って、終わりにし

てもらう。

私が長編童話『心をつなぐ糸』（金の星社）を出版した時、「読んでくれる？」と言ったら、「俺は、女の人の文章は嫌いなんだ。くどくってさ、あんまり読みたくないんだ。だけど、あんたのなら読んでやるか」そう言って、読んでくれた。

どんな酷評が戻ってくるかと思っていたら、電話がかかってきて、思いもかけぬ褒め言葉だった。「あんたは、とても素直に書いていて読みやすい。肩がこらないで読める」その後で、那珂川と書くところが、利根川になっていると注意してくれた。中島は、「電話でないと、気持ちが通じないからな」そう言って、電話を切った。私は「バンザイ！」と叫びたい気分だった。あの大作家たちを相手にした編集者が、私の文章を褒めてくれた。私は、誰に褒められるより嬉しかった。

その後、彼は耳が遠くなり、電話にも出られなくなったので、私は、スロベニアのリュブリャーナへひとり旅をした時、「あなたと電話では話せないから、旅行記を書きます」といって、初めのところだけ送った。そうしたら手紙が送られてきた。今、もう一度、読んでみると、

「私はびっくりしながら、無条件に降参しました。旅行記は、簡潔な文章で、見知らぬ外国での感傷や自己卑下などはさらさらなく、自《おの》ずと筆者の人間的な強さが表われているの

に感服しました。旅行記は、その後、スロベニアの滞在中のことども等々、ぜひ続けてください。前にも申したように、あなたは、文筆表現の才に恵まれている人ですから。楽しみにしています」

こんな文だった。暫くぶりで、彼の薄いインクの文字を読み返してみて、思わず目頭が熱くなった。こんな丁寧な文章を書いてくれていたんだと。

この原稿を書きながら、彼の『無明無限　人間平野謙《ひらのけん》』（武蔵野書房）を読んでみた。これは彼が長い間、編集者として触れ合った評論家の平野謙のことを書いたものだが、随所に彼の誠実さが溢れていて、暫く本を手放すことが出来なかった。彼は、編集者としてでなく、ひとりの人間として、いい生き方をしたんだなあと、改めて思った。

柿沼、中島の二人の幼馴染みは、放送の分野しか知らない私が生意気なことを言っても、厭な顔ひとつせず、色々教えてくれた。いい友達というのは、彼らのような人間を言うのだろう。今は、そんな友達を持ったことを誇りたい気持ちだ。

「私、踊り子だったから」香椎《かしい》くに子《こ》

香椎くに子は、昔、新宿にあった「ムーラン・ルージュ」で活躍し、歌も踊りも出来、

コミカルなものはもちろん、シリアスなドラマも、時代劇もこなす女優だった。今ならそんな人は少なくないが、昭和五十年頃のことだから珍しかったし、得難い女優だった。結構な年齢になっても、可愛さの残るお喋りが出来、楽しい人だった。

「あなたのお喋りは、いつ聞いても楽しい！」私がそう言うと、本人はメロドラマの主人公のような表情で言うではないか。「そんなことないの。私の生活って真面目で涙ぐましく、悲しいのよ」と。私はゲラゲラ笑って、「いくら女優さんだからって、そこまで演技しなくてもいいんじゃないの？」と言うと、「だって私、本当はそうなの。踊り子だったし、武井さんみたいに学がないから」

「そんなことを言うの、おかしいわよ。これまでのあなたの人生のほうがずっと凄い。威張っていていいんだから！」私は本当にそう思った。学歴なんて、どうってことない。立派な女優さんなんだもの。これまでの人生で学んだことが学歴そのもの。卑下することなんかありゃあしない。第一いいご主人に恵まれ、立派なお子さんだっている。涙ぐましさなんて、どこを探したって見つかりはしないのに。

彼女の息子さんが高校生の時、大事な試験を控えた日に、クラスメートの電話を受けてどこかへ出掛けた。彼女は母親のカンで、バンドの連中に頼まれ、ドラムを叩きに行ったに違いないと思った。なら、行ったところはあそこだ。息子は人がいいから、頼まれたら

断れない……。「今、この試験に落ちたら大変だわ。何とかしなくちゃ」彼女はそう思って後を追いかけてみることにした。真っ赤な服に金髪、サングラスで顔を隠し、五十代半ばというのに、踊りで鍛えた女優さんだから、ちょっと見には若い女性に見える。

彼女がバンド演奏のホールに着くと、中は若者の熱気でムンムン。ロックの音楽がワンワン響いている。乗り込むのはちょっと気後れがしたけれど、そこは女優だから、ズカズカと、いや、颯爽と入っていき、一番前の席へ綺麗な足をスラッと組んで腰掛けた。バンドの連中は「鄙《ひな》には稀《まれ》な」イカス女が我々を見にきたと、演奏はいよいよ盛り上がった。見ると、思った通り息子は正面の奥でドラムを叩いている。

まもなく息子は彼女に気付いて、「しまった！」と思ったらしく、ドラムの音がドタドタと乱れた。ほかのバンドの人たちは、なんだろうと思い、「おい、どうした？」などと、息子に言っている。しかし、誰も、サングラスをかけたイイ女が、彼の母親だとは思いもしない。中には、彼女を見て、これみよがしに踊り出した男の子もいた。

演奏が終わった時、彼女はつかつかとバンドの前へ行って、こう言った。「私ねえ、この人のママよ。この子は大事な試験があるの。だからあまり呼び出さないで。いい、判った？」そう言うと彼女は、また颯爽とそのホールを出た。

「あの時の彼らの唖然《あぜん》たる顔は、ちょっとミモノだったな」彼女は、おかしそうにケラケ

ラと笑った。私もその顔を想像して笑った。「でもねえ、武井さん。本当はちょっぴり怖かったんだ」と言う彼女を、「怖いどころか、いい気分だったんじゃないの？」と茶化すと、「信じてくれない？　本当は、怖かったんだから！」とまた笑う。

私は、この話を微笑ましく聞いた。こんなことが出来るのは、女優だけだ。我が子のため懸命に演じた彼女に、拍手を送りたい気分だったから。

彼女はその後、ラジオやテレビ、舞台などで活躍していたが、交通事故に遭ってから、声だけの出演が多くなり、それでも、時間があれば地方の幼稚園などに出かけ、昔話の読み聞かせをしたりして、楽しそうに仕事をしていた。しかし、一番の理解者であるご主人が亡くなると、弱気になった。いくら私が勇気づけても、「そんなことを言ってくれるのは、武井さんだけよ」などと言って、あまり表に出なくなった。

平成十七年九月、私の絵の展覧会を見にきてくれた時、ひどく痩せていたのに驚いた。「どうしたの？」と聞くと、「食欲がなくて」と言うので、「あなたのようなタレントは、なかなかいないのよ。頑張ってね」などと、私なりに元気づけた。

ところが、突然のように、病院からの電話があった。大腿骨《だいたいこつ》を骨折したと言い、「これからリハビリで、別のところに移るの。まだそこが判らないから」「じゃ、こっちからは電話出来ないのね」「そう。よくなったらまた、電話するわね」思ったよりは明るく、元

気な声だった。「それなら、早くよくなって、また電話を頂戴」私はそう言って電話を切った。

しかしその後、電話がない。こちらからは連絡出来ないのでやきもきしていたが、一向にこないので、念の為、家へかけてみても通じない。そこへ突然、ＮＨＫから「亡くなったのをご存じでしょうか」との電話がきた。「まさか……。知りませんでした」と絶句するばかりだ。「ご遺族から、万端済ませたので、どなたにも知らせないでほしいと言われ、武井さんにもお知らせしようかどうか、迷いまして……」と言う。その言葉に唖然とし、息子さんの連絡先を聞くことも出来なかった。あれだけのいい仕事をし、彼女の死を惜しむ人も大勢いるはずなのに、何故、知らせようとしないのだろう。家へ電話しても応答がないし、お花を上げようにも行くところもないではないか。どこへもぶつけようのない怒りが込み上げ、気持ちがおさまらなかった。

暫くして、彼女が言った言葉が心に浮かんだ。「私の生活って、真面目で涙ぐましく、悲しいの。私、踊り子だったもの。学がないから……」その言葉が、今になって胸につかえた。それが演技だとばかり思っていたけれど、笑い飛ばさずに聞いてあげたらどうだったろう。そんな悔いも浮かんだ。

「こんな別れってある？　悲しすぎるじゃない？」とにかくもう一度、あなたの明るい声

を聞きたかった。「さよなら」も言わせてもらいたかった。

「ひょっこりひょうたん島」の作家、山元護久《やまもともりひさ》

「雨はまちかどをまがります」

こんなセリフを書いた台本を送ってきたのは、学生時代の山元護久。「ひょっこりひょうたん島」を井上《いのうえ》ひさしと書いて、ヒットさせた作家だ。彼が学生の頃、NHKの幼児番組に、「僕たちの童話を読んでほしい」と手紙をよこした。早大童話会の一員で、童話研究誌「ぷう」をつくって活動しているという。「若い学生が、幼年童話を書いている？」私はそのことに興味を持ち、どんな作品を書いているのだろうと思って読んでみた。同人誌のようなもので、作品はいくつかあったが、その中に、「雨はまちかどをまがります」という童話があった。

……雨は自分がさしている傘の上だけに落ちる。

そうやって、雨は自分といっしょに街を歩く……。

発想が面白く、若者らしい才能があるように感じた。そのほかに、小沢正《おざわただし》の作品も面白いと思い、連絡してみた。すると「近く、大学祭があるので、その時来てくださいませ

んか?」という返事だった。それなら二人に会えるな、と、行ったこともない早稲田祭へ出かけて行った。

学生たちは「小川未明論《おがわみめい》」を声高に論じていた。小川未明が、しみじみほのぼのとした作品を書いたから童話は駄目になった。もっと前向きなドラマチックな面白いもの、子供の心を揺り動かすようなものを作らなければ駄目だ、などという議論を戦わしていた。私はここで、初めて山元護久と小沢正に会い、二人に、「ラジオの台本を書いてみませんか」と言って別れた。

送られてきた原稿は山元護久のものだけ。それが若者らしくて面白かったので、「お話でてこい」の作家のグループに入ってもらった。その後、レギュラーの作家として、台本を書くようになった。楽しかったのは「十人のこびと」という作品で、可愛い小人と、ちょっぴりノロい大男のやりとりの可笑しさ、悪戯坊主のようで、みんなに喜ばれた。それから、テレビ番組の「おかあさんといっしょ」に携わり、「幼稚園・保育所の時間」の「なにしてあそぼう」(「できるかな」の前身番組)も引き受けることになった。どの番組も彼らしく、斬新で個性的なものだ。

何年かたって、「ひょっこりひょうたん島」を井上ひさしと一緒にやることになった。武井博《たけいひろし》の『泣くのはいやだ、笑っちゃおう「ひょうたん島」航海記』に、私が推薦した

と書いてある。

「ひょっこりひょうたん島」は初めのうち「無国籍番組」などと酷評され、不評だったが、映画監督の羽仁進《はにすすむ》が、朝日新聞のコラムに、「ドン・ガバチョ主義」という記事を書いたことがきっかけで人気が出るようになり、やがて大ヒットとなった。井上ひさしも、時々、私たちの班に顔を見せたが、いつも誰かに原稿を催促され、謝っていた。

山元護久も、楽しそうにしていたが、仕事はどんどん増えていく。なにしろ彼は、どんなものでも断らないし、喜んで引き受ける。音楽番組の構成などもおもしろがってやっていた。時々家に帰れず、スタジオの隅で寝ていたりして、その忙しさは尋常ではない。私は心配になった。なぜなら彼は、初めに考えていた創作童話を書いていない。本になっていなければ残らない。もう、書くつもりもないのかしら。「ひょっこりひょうたん島」みたいなものだけに心を移してしまっていいのかなあ。私は彼と初めて会った頃の、素晴らしい感覚を見ていたので、あれをそのままにしていていいの? と、おふくろみたいな気持ちになって、何とかしなければと思った。そんなにしていて、体を壊したらどうするのよ、そういう気になった。そして、彼が言い訳のようにして持ってきた童話の本にも、いい顔は見せなかった。

「これは前の童話の焼き直しでしょう。私は、これで納得しないわよ。もっとあなたらし

いものがあるはずよ。それを見せて！」すると、山元護久は言った。

「僕、きっと書きます。もう少ししたらね、きっと書きますから」

そう言った山元護久は、暫くして、突然死んでしまった。四十二という若さだった。一報を彼の友人である鈴木悦夫《すずきえつお》から聞いた私は絶句した。本当と思えなかったから。そこでもう一度尋ねた。「あなたは本当に鈴木悦夫さんなの、お友達の」「はい」。その返事の確かさに、私は現実を認めるしかなかった。彼は本当に死んだのだと。

私は、テレビの忙しさが彼を死に追いやったのではなかろうか、と思い、心が痛んだ。推薦した私にも、その責任があるように思われた。それから、あんなに問い詰めなければよかったと悩んだ。彼の申し訳なさそうな顔が浮かんで、何とも言いようのない悲しい気分になった。

あれから四十年もたった。私の心にあった「雨はまちかどをまがります」は、彼が亡くなる数年前に出版されたし、彼は精一杯仕事をして、皆に愛される作品を残したのだもの、それでいいのではないか、今はそう思っている。

菊造りの平永《ひらなが》のおばさん

埼玉県加須《かぞ》の平永というところに、百歳近くまで元気でいた伯母がいた。名前を木村《きむら》くにといった。父の一番上の姉で、父とは一番の仲良しだった。父は、母親を早くに亡くしたので、この伯母は、母代わりだったのかも知れない。何かというと、いつも「平永のおばさん」の名前が出るくらい頼りにしていた。元気で働き者、小学校の教師だった夫を亡くしたあとは、ひとりで大きな畑を切り盛りしていた。

見たところ、畑仕事で日焼けした普通の農家のおばさんに過ぎないが、中身は桁違いに逞しいおばさんだった。もののない戦争中も、米、麦、野菜などを作るほか、当時としては珍しい綿羊を飼い、その毛で毛糸を紡いで、みんなに分けてくれた。着るものなど手に入らなかった欠乏時代のこと、どんなに助かったか知れはしない。戦後になって間もなく、セロリやレタスのような西洋野菜を育て、「えっ、こんなものをおばさんが作っているの？」とひどく驚いたことがある。時代を読む感覚もあったのだろう、その前向きな考えにはみんなが舌を巻いた。町暮らしの私の一家が、戦争中飢えないで済んだのは、このおばさんのお蔭だったと思う。

子供の頃、私は何故か、おばさんの家に行く機会がなかった。父が亡くなってだいぶたってから、親戚の会合でおばさんに会った。その時、九十近くになっているはずなのに、相変わらず元気で、菊を作っているという話をしてくれた。見せてほしいと言うと、暫くして電話があった。「加須の菊花展で農林水産大臣賞を貰いましたんですよ。ですから是非おいでなすって！」

私は喜んで、夫とともに加須まで出かけていった。

加須駅に降り立つと、改札口におばさんが立っている。それも、ひとり、自転車に乗ってきたのだという。夫が、「えっ、自転車で危なくないですか？」と聞くと、おばさんは、「へい、大丈夫です。慣れっこになってますんで」そう言って自転車をひきながら、「家のもんは、危ねえからって心配すんですが、あっしには、これが一番心配ねえんですよ」と言う。

会場に飾られたおばさんの菊は見事なもので、一本の茎に大輪の黄色い菊が百以上もついている。そして一つ一つがびっしりアーチ型に花を咲かせている。花の右上には次のような俳句が掛けられていた。

「夜へ続く菊千輪の仕上げかな」

「八十路にてなお菊造り老い知らず」

誰の書いたものか、立派な句で、夫も私もただ感心して眺めるばかりだった。「どうやって育てるんですか。凄いですね！」と言うと、天気の良い時は外に出して太陽に当て、悪い時は小屋に入れ、背が高くなると、梯子《はしご》に乗って手入れをするという。

「もうひとつ、こっちのも優等賞なんですよ」と言うので、隣を見る。そちらはピンクの細い花びらが、花火のように開いた繊細な菊だ。私たちが見とれている間、おばさんは、見に来た人たちに「いいお日和で」とか、「あっしは、もう九十なんでして」とか、「大臣賞なんどを貰いまして」などと、挨拶をしている。

それから、平永の家へ行き、美味しい漬物でお茶をいただきながら、おばさんにいろいろと話を聞いた。「そういえば昔、塩味のあんびん餅がありましたね。今、あまり見かけないんですが」と聞くと、おばさんからこんな答えが返ってきた。

「あんびん餅ねえ。一升で七つぐらいという、でっけえもんも、こしれえたもんでした。そう、大人の手ぐらいもあったっけか。今は農家でも、ほとんどこせえねえですね。昔は、春と秋の『お日待ち』の日と、お葬式の時に作ったもんでしたが」

今では珍しい塩味の大きな餅、あんびん餅。その日のうちには食べられなくて、翌日硬くなったのを炭火で焼いて、ふうふうしながらお砂糖をつけて食べた記憶がある。おばさんの話そのものも楽しいが、土地訛《なま》りのあるお喋りが嬉しかった。

話のなかにあった「お日待ち」のことも、こんなふうに話してくれた。

「お日待ち」は、もとは宗教的な行事だったが、後には農作業の暇な時に日を決め、嫁に行った娘や働きに出ている息子が里帰りをすることが多くなったという。戦争中、息子への軍事郵便には、日付が入れられなかったので、「もう、あえなく（間もなく）、『お日待ち』の日が来ます」と書いて、戦地の息子に、そっと日にちを知らせたということも話してくれた。

私は、ばあやから聞かされた「ネロハア」の言い伝えについても聞いてみた。すると、

「このあたりでは『ネロハア』の日というのがありやして、その日は仕事を早仕舞いして、みんな早寝をする。すりこぎに笊《ざる》を被せて、それが『ネロハア』だと言って。今日は、『ネロハア』だ。みんな早く寝ろ、早く寝ろと言って早く寝たもんです」

おばさんの話によると、「ネロハア」は、みんなの疲れ休みの日だったらしい。

それからおばさんは、家の二階から突き出たベランダを指さすと、嬉しそうに言った。

「あっしは、ゲートボールの選手で、あそこで時々練習してるんでやす」そう言う笑顔は、とても可愛かった。

私は、駅まで車で送ってくれた当時十八歳の曾孫《ひまご》くんに聞いた。「おばさんって、すごいわねえ。そう、あなたにはおばさんじゃなくて、ひいおばあさんだけどねえ」すると彼

は、日に焼けた顔をほころばせて言った。「あのばあちゃんには、とてもかなわねえ。頭が上がらねえです」屈託のない言葉に、夫も私も大声で笑った。

農作業で鍛えた逞しい手足、日に焼けた飾り気のない顔、背筋がしゃんと伸びて、大地にしっかり立っている姿。誰もがおばさんに一目置いて、みんなの尊敬の的だった。出来たらちょっとでも近づきたい。そんなことを思っているけれど、とても出来そうもない。

緒方富雄《おがたとみお》先生のこと

新聞を読んでいて、載っている絵に、ふと目が留まった。ユニークな細密画で、描いた方の名前が緒方洪章《ひろあき》と記されていた。見覚えのあるその名前は、*緒方富雄先生のご子息だ。そうに違いないと思った。

昭和二十年代、まだ幼稚園生ぐらいの洪章さんが、「婦人の時間」のスタジオを見にこられ、その時の私の姿をはがきに描いて送ってこられた。「洪章」と書いた文字も記憶に残っている。私は嬉しくなって、新聞に載ったその絵を見つめ、緒方富雄先生のことを思い出した。

私は終戦直後の「婦人の時間」を担当し、素晴らしい方に大勢出会っている。でも、忘れることの出来ない方は、緒方富雄先生だ。曾祖父に、有名な緒方洪庵《こうあん》を持つ先生は、その頃、東京大学医学部教授をしておられ、当時から血清学の権威として知られていた。「婦人の時間」には何回か出演されたが、その中でクララ・シューマンのお話をされた記憶がある。クララ・シューマンは、ドイツのライプチヒ生まれ、十九世紀に活躍したピアニストで、作曲家ロベルト・シューマンの妻でもあり、愛を貫いた女性として、ドイツの百マルク紙幣に、彼女の肖像が使われた。緒方先生が、何故クララの話をされたのか判らないが、先生のお話はとてもさわやかで、学者とは思えない魅力があった。こんなに自然な感じで話される方は、今でもたくさんはいない。ご自分の専門とは違う分野のお話なのに、全く違和感がない。私は、一流の学者というものは、専門のこと以外に深い教養と豊かな見識を持っているものだと、感心したことを覚えている。

実は、こんなことがあった。私は、少々熱があるにもかかわらず、マイクの前に立っていた。代役が頼めるような時ではなかったし、若かったせいもあって、これくらいの熱なら何とかやれると考えていた。そして、いつも通り番組の進行役を務め、「それではみなさん、ご機嫌よう！」と最後のアナウンスをし、テーマ音楽が鳴り終わるのを待って、アナウンス・ボックスの扉を開けた。

無事に終わった安心感で、張りつめていた気が緩んだのか、そのまま副調整室に倒れこんでしまったのだ。みんな驚いて駆け寄ったが、そこに緒方先生が居合わせて、「私も医者ですから」そう言って、すぐに診てくださった。そして、私が実家から二時間近くかけて放送局まで通勤していることを知ると、「今日は、私の家にお泊まりなさい」と言って奥様に電話を掛け、ご自宅へ連れていってくださった。

奥様の春子《はるこ》さんは、突然飛び込んだお荷物の私を、やさしくお世話してくださった。それからは奥様との交流が始まり、毎年、きれいな文字の年賀状が届くようになった。そのお付き合いは、私が結婚した後も続き、だいぶ経って、夫が体調を崩し、近くの医者に胃潰瘍と診断された時、思い余って先生にご相談すると、「東大に、いいお医者さんがいますよ」と、内科の沖中《おきなか》先生を紹介してくださった。この時の沖中先生の診断は、「あなたの胃は、教科書に載せたいくらい、きれいですよ」というもので、目の玉が飛び出るほど驚いた。医師の診断が、人によってこんなに違うものだと教えられたのは、この時が初めてである。緒方先生に紹介していただかなかったら、どんなことになっていたか、考えるだけでも恐ろしいことだと思った。

子供が生まれた時は先生のお宅まで見せに行き、家じゅうで歓待していただいた。

それから何年経つのだろうか。年月が流れ、先生も奥様も亡くなられると、もう手紙を

出すことも出来ず、ご縁も切れてしまった。そんな淋しい思いでいる時に、洪章さんの絵を見つけた。私は嬉しい気分になって、緒方先生と春子さんのことを心に描き、感謝の気持ちいっぱいで、その日を過ごした。

＊緒方富雄は、血清学者、医学史学者。病理学、蘭学、出版、社会事業など、さまざまな分野で活躍した。また、息子の緒方洪章は、点描による細密ペン画の第一人者である。

異能の女優、波瀬満子

ここに、昭和五十五年十月二十六日の「はせみつこ　ぽえむふぁんたじい」というプログラムがある。青山のレジーナというレストランで、波瀬満子の詩の会を行った時のものだ。これは、友人で物書きでもある青美代子《あおみよこ》（旧姓・鈴木《すずき》）と二人で企画し、上演した。美代子が「文学座」時代の知り合い、寺崎裕則《てらさきひろのり》に話をし、レジーナの休みの日に無料で借り、手づくりで行った。寺崎はオペレッタの演出をドイツで学び、帰ってきたころで演出も引き受けてくれた。彼は、後に日本オペレッタ協会を設立、会長にもなっている。四十人ほどしか入れない店だが、詩を聞き音楽を楽しむ、お洒落《しやれ》なひとときになった。

ピアノが鳴り、真っ赤なブラウスの波瀬が現われる。美しくチャーミングな波瀬。プレベールの「葬式へ行くカタツムリの歌」で始まり、続いて中原中也《なかはらちゅうや》の詩が、不思議な雰囲気を醸し出す。草野心平の「ごびらっふの独白」は、「ごびらっふ」という名のカエルが、幸福について語るスピーチだ。

「るてえる　びる　もれとりり　がいく。／ぐう　であとびん　むはありんく　るてえる」

草野心平の解説によると、このカエル語の意味は、「幸福というものはたわいなくっていいものだ。／おれはいま土のなかの靄のような幸福につつまれている」というものだ。

波瀬は、演説をする人のようにつっ立ち、時にはドイツ語のようにまくしたて、時には動物の鳴き声のように語る。意味が判らなくても、面白く魅力がある。

谷川俊太郎の詩「今日のアドリブ」の「ひげ」「スキャットまで」は、抜群に面白かった。ほとんどが早口で、畳み込むように語る。後半はリズムに乗って、聞く方の心まで弾んでいく。

「ひげが生える／ひげが生える男のあごに男の唇のまわりにひげが生える夜明けと共にひげが生える見知らぬ植物の芽のようにひげが生える女の柔い頰のためにひげが生える」

途中から盛り上がって、歌うようになり、一気呵成《いっきかせい》にとどまるところを知らない。スピ

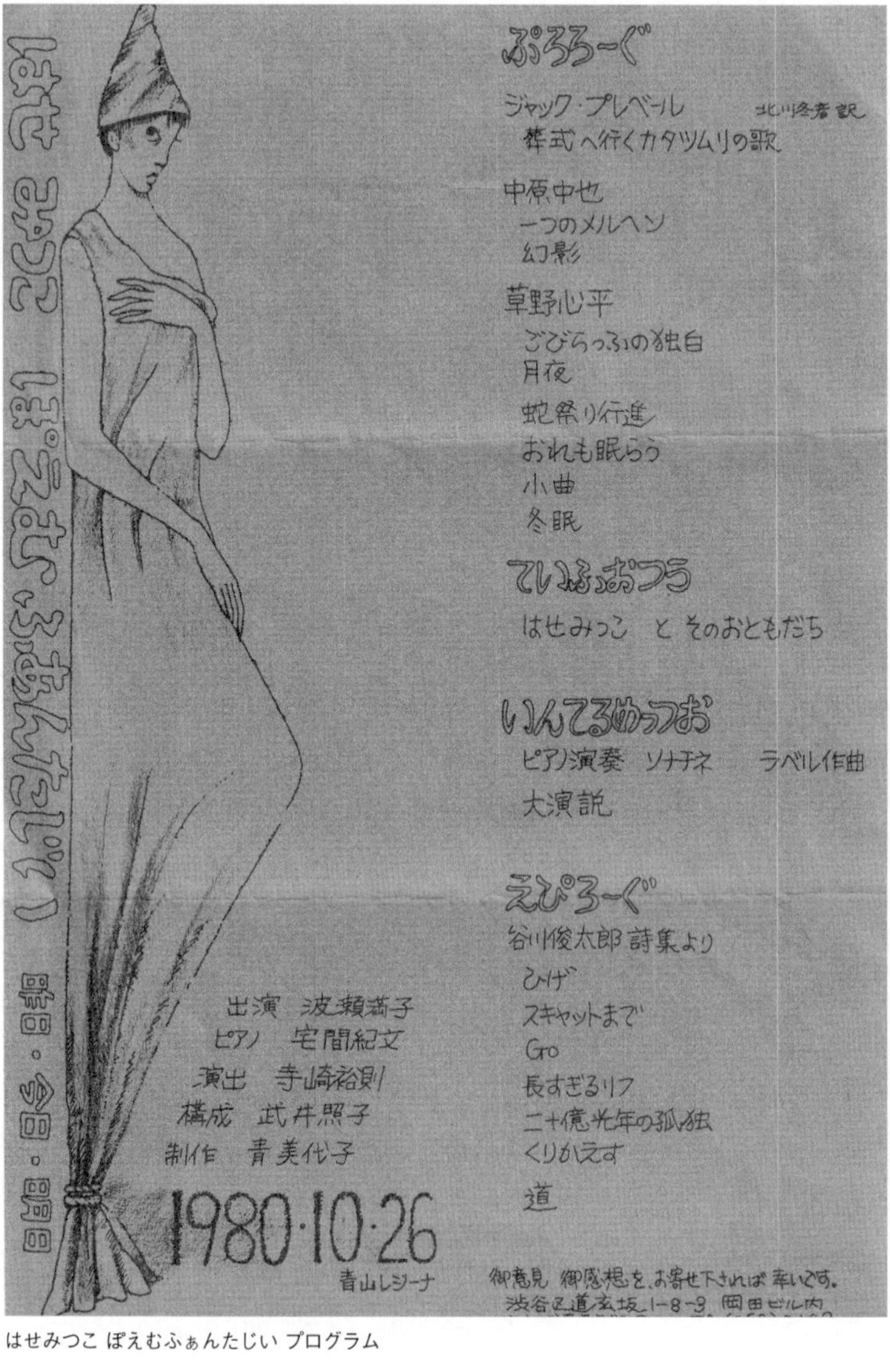
はせ みっこ ぽえむ ふぁんたじい

ぷろろーぐ

ジャック・プレベール　北川冬彦訳
葬式へ行くカタツムリの歌

中原中也
一つのメルヘン
幻影

草野心平
ごびらっふの独白
月夜
蛇祭り行進
おれも眠らう
小曲
冬眠

ていふぉつう
はせみっこ と そのおともだち

いんてるめっつお
ピアノ演奏 ソナチネ　ラベル作曲
大演説

えぴろーぐ
谷川俊太郎詩集より
ひげ
スキャットまで
Go
長すぎるリフ
二十億光年の孤独
くりかえす
道

出演 波瀬満子
ピアノ 宅間紀文
演出 寺崎裕則
構成 武井照子
制作 青美代子

1980・10・26
青山レジーナ

御意見 御感想を お寄せ下されば 幸いです。
渋谷区道玄坂 1-8-9 岡田ビル内

はせみつこ ぽえむふぁんたじい プログラム

ードもどんどん上がり、時々は怒鳴るようになり、最後の「男たち」で止まる。

「スキャットまで」は、「云いたいことを云うんだ」で始まり、ジャズになっていく。

谷川の詩には点も丸もない。とても読みにくい。見るからに読みにくい言葉を、波瀬は物凄いテンポで、叩くように読んでいく。

「黙ってるのは龍安寺《りようあんじ》の石庭　叫ぶのは俺だ　俺はのどだ　舌だ　歯だ　唇だ　のどちんこだ　声なんだ　俺はミスタジャジージャズー　ジャザールの広場でジャゾーに乗ってジャゼッパ歌いながら」

ラップミュージックのようだが、口が回らないと、とても出来ない。ラップよりもっと難しい。

「くりかえす」の詩は、機械的な読みの終わりに、何とも言えない無常観が覗く。前衛的な読みだ。「くりかえしてこんなにもくりかえしくりかえして　こんなにこんなにくりかえしくりかえしくりかえして」

波瀬の読みは、少しずつ無表情な、機械がしゃべるような声になって、そのうち、回転むらを起こすように、「クリカエシ　シムカ　シムカ　シムカ」だの、同じ溝を滑るようになったり、私は聞いていて肝が冷えるような思いがした。

とにかく、作家の意図通りの読み方、いや、作家の考えた以上の表現をした女優は、波

瀬のほかにはいないと思う。このような、魂まで揺さぶられるような語りは、詩人の創作意欲に、何らかの意味を齎したのではなかろうか。

この「はせみつこ　ぽえむふぁんたじい」は、昭和五十六年一月二十五日、五月十七日、三十一日にも開催した。


波瀬満子は、異能の女優と言っていい。それなのに、私が彼女を不器用だと言ったら、誰も信じないと思う。三時間近いステージをさらりとこなし、詩を読む時も、本など見ない。それに、これまで、トチッたことも一度だってないのだから。

「こんな波瀬が不器用だって？　まさか！」

実は、誰かが波瀬に聞いたことがある。「どのくらい、下読みするのですか？」と。答えは、「百回」だった。「えっ、そんなに？」と聞いたら、「百回ぐらい読まないと、頭に入らないから」そう言った。何度も読むことは判るが、百回というのは少しオーバーかな？　と思うに違いない。私は波瀬が、詩の暗記に大変な時間をかけているのを知って、「たまには、本を見て読むところがあっても、いいじゃないの？」と言ったことがある。でも、波瀬は即座に、「駄目」と言った。「本を読む設定にしたら、どうなの？」と言ったら、一回だけ、そんなシーンを作ってやった。でも、それ以降は一度も本を見て読む舞台

はなかった。

波瀬は、どんな詩も言葉も、すべて覚えて演じていたから、不器用だなどとは思っていなかった。ところがある日、波瀬が東北の民話のテープを持ってきて、それを文字に起こして教えてほしいと言ってきた。聞いてみると、土地の匂いのする東北の言葉で、何とも言えない趣きがあった。私は長岡輝子の盛岡言葉が心に入っているので、すぐに理解出来た。それで、そのまま波瀬に伝えようとしたが、波瀬は何度教えても表現出来ない。すぐに出来ると思っていた私は、「どうして出来ないのかなあ？　私が出来るんだから、あなたに出来ないはずはないでしょう」と言った。

波瀬は本当に、長いことかかったのだった。共通語の発音に慣れている波瀬には、東北の微妙な発音がうまく出来ない。「私ね、ホントに時間がかかるの。百回ぐらいやらないと出来ない！」

私はこのことで、波瀬が本当は不器用なことを知ったのだ。人の何倍もかけないと覚えられない。ということは、彼女のステージは、大変な努力で成り立っていたということ。人一倍頑張って長時間の演目をこなしていたのだと思った。百回の下読みは、誇張でも嘘でもない。大変な努力をしていたのだ。そして、その百回の下読みが、彼女を支え、大きな魅力となっていたのだろうと思っている。

波瀬と、友人の美代子、そして私、三人揃うと、「三婆《さんばば》」という言葉がぴったりだ。ひと癖ありげな三人に見える。「私たち、三婆よね」「ま、そんなもんでしょ！」私と美代子は、そう言って納得する。ふたりとも、孫のいるホントのおばあさんだからだ。それに現実をきちんと認める派だから。でも、波瀬は到底納得しない。「三婆なんて、いやあね」波瀬はいつでも、飛んだり跳ねたりできる、少女の気持ちでいるのだから、大いに反発する。それが波瀬の若さの秘密かもしれない。

信州へ出かけたときのことだ。「あずさ」号に乗るために新宿に行く。ところが、発車五分前になっても、波瀬が現われない。ハラハラ待つうちに、一分前、発車ベルと共に、「はあい」とばかりに飛び乗った。「どうしたの、心配したじゃないの。こんなぎりぎりで……」と言う私たちに、波瀬は得意満面な顔をする。「私はね、時間ぎりぎりで乗るのが得意なの。ほうら、間にあったでしょ！」

まったく、子供じゃあるまいし、と二婆は、開いた口がふさがらない。

見ると、大きなスーツケースを手にしている。「そんな大きなの、何を入れてきたの？」と聞くと、「新聞よ。この一週間、読めなかったから持ってきたの」と言う。「あきれた」

一方で、波瀬は、ぺらぺらの上下のスーツという薄着の格好だ。

「着るものも入れてきたの？」

「ううん、新聞だけ」

「えーっ、松本は寒いわよ。それで大丈夫？」

「いや、平気、平気」

二婆は、再び開いた口がふさがらない。「寒かったら、その新聞着るといいんじゃないかな。そのほうが温かいかもよ」と言って笑ったけれど、やはり三月の信州、帰りの朝には本当に雪がちらついたのだから、まったく世話の焼ける人だった。


松本に着いて、迎えのタクシーに乗った途端、波瀬は「ここには、温泉があるのね。ああ、温泉に入りたい。温泉、温泉」と言い続ける。「もうホテルをとってるんだから、そんなに温泉に入りたければ、あなただけ行ってきたら？」と言ったが、波瀬は性懲りもなくぼやき続けている。「温泉、温泉。どうしたら入れるかなあ。温泉」

すると、運転手の大沢春美《おおさわはるみ》さんが言った。

「温泉、温泉って、そんなに温泉に入りたいのですか？」

「そう、入りたいの。温泉」

「どこでもいい、入れればいいんですね？　温泉に」

「そうなの。温泉、温泉」

「判りました。そんなら私、知っているところがあるので、聞いてみてあげます。ちょっと待ってください」

そう言って、彼女はどこかに連絡し始めた。この運転手の大沢さんは、私の顔見知りで、いつも松本に行くとき、声をかけると付き合ってくれる、友達のような人なのだ。

まもなく、大沢さんは連絡を済ませてこう言った。「お気にいるかどうか、判らないけど、お湯に入るだけなら、いいところがあります。とにかく、そこへ行ってみましょう。お湯に入れればいいんですよね」

着いたところは、廃業した温泉旅館だった。そこに、彼女の知り合いの男性がいるので、お湯に入らせてもらうよう頼んだのだという。行ってみると、もう営業していない旅館だから、明かりは消えているが、結構大きな建物だった。彼女の案内で、恐る恐る手探りで暗い階段を下りる。途中、雨漏りがしているような板の間を通り、お湯の湧いているところへ着く。半分廃屋のようなところだから、どうなるかと思ったが、お湯はもう潤沢に溢れている。「わあ、温泉、温泉だ」温泉、温泉と喚《わめ》く波瀬にとっては、夢のようなところだった。

「あったかーい。うわぁい」美代子と私も、溢れるお湯を浴びた。そのお湯の豊かなこと、

これがそのまま流れていくのが、もったいないと思った。

三人とも温泉を満喫して、上がってくると、男性の部屋に案内され、何と、ビールをご馳走になった。海外旅行で買ったという珍しいおつまみに、大好きな野沢菜を頂き大喜び。この方は、突然飛び込んだ三婆を気持ちよくもてなし、いろんな話もしてくれた。その方のお兄さんが、箱根の彫刻の森美術館に作品が展示されている彫刻家だという。話が盛り上がり、ホテルに着くのが時間ぎりぎりになった。その夜は、例によって波瀬がウヰスキーを飲み遅くまで喋った、というより、駄弁《だべ》り、討論し、果ては言葉の喧嘩になった。


もうひとつ思い出すのは、帝国ホテルで過ごしたクリスマスの一夜。というと、ひどく豪華に思うかもしれないが、帝国ホテルが女性だけに設けた、三人一組おひとり様一万円の極安の宿泊だった。

平成九年の十二月、もうクリスマスの飾り付けがされていて、模型の馬車に乗り、三婆で記念写真を撮ったりした。そして次の朝、日比谷の何十階のホテルの窓から見た朝日の美しかったこと、それはそれは清々《すがすが》しい気分であった。ところがここでも、波瀬の子供の気分がどこからか生まれ出てきて、我儘が始まった。まず、朝食をルームサービスで取りたいという。

「こんな女ばかりの部屋に、ボーイを入れるなんて嫌よ」

「どうして、ルームサービスを取りたいの？」と聞くと、「ボーイが、どんなサービスをするのか、見たいから」と言う。

これは何とか宥めて、朝食は地下のレストランで済ませた。

さて、部屋を出る時のこと、波瀬の子供の気分が、またまたアタマをもたげた。

「わあい」と言って、スリッパを放り投げる。寝間着も散らかす。

「もう、いい加減にしてよ。いいトシのおばさんたちが、部屋中散らかしていったって言われるのは、ごめんだわよ」

「だって、これを片付けるのが、ここへ来る人の仕事じゃあなぁい？」

「だからって、散らかして出るのは、嫌」

「そうかなあ。でも、やっぱり、投げたい」波瀬は、小気味よさそうにスリッパを放り投げる。二婆は後からそれを片付けて、ゆっくり外へ出た。

後になって考えた。波瀬は、私たちとの旅で解放感を味わっていたのだろう。子供に戻って、思いっきり私たちに甘えていたようだ。それほど、彼女の日常の仕事は大変だったに違いない。精神的に追い詰められ、辛いこともあったのだろう。そう思うと、なんとなく愛しい気がした。もっと自由にスリッパ投げをやらせればよかったかな、そんな気もし

ている。

波瀬は、舞台に立っている時が一番輝いていた。ある時はジャズのリズムに乗って語り、ある時は浄瑠璃語りになってみせ、ピエロの阿呆も演じ、体全体で言葉を表現した。日暮れになればお酒を飲み、旅に行けば子供に返ってスリッパ投げをする。そんな時は困ったヤツだと思ったけれど、本当のことが言える友達だった。

平成二十四年の三月頃、波瀬から電話があった。波瀬が病気になって、電話を止められていると聞いていたので、よかった、電話が使えるようになったんだと思い、話をしようとすると、「武井さんの声が聞きたくてかけたの。それで、もう、聞けたからいい」と言う。「そうなの。じゃ、またかけて」と言うと、電話は切れた。

それっきり電話はない。そして間もなく、亡くなったとの知らせが来た。

「そんなことってないよ、波瀬さん。もう一度電話して!」

でも、それが波瀬との永久の別れとなった。

私はいつか彼女に聞いたことがある。「受け継ぐ人を育てないの?」と。そしたら、「私は教え方が下手で、教えられないの」と言った。でも、「教えられない」のではなく、「教えるつもりがない」のだと思った。「自分のような人間がいないから、教えられない」そ

ういうことなのだ。

受け継ぐ人材がいない、波瀬はそう考えて、ひとり頑張って演じていた。そう思うと、涙が出るほど悲しい。波瀬の仕事は、同じように続ける人がいるかもしれないが、波瀬とは全然違う。

波瀬が持っていたこの仕事に賭ける思いは、宙に浮いたままだ。

八、フリーになってからの私

ひとりの人間に戻った私の「それから」

私は昭和五十七年（一九八二年）三月三十一日、五十七歳の誕生日を翌日に控え、NHKを定年になった。肩書きのない人生の始まりだ。フリーになって、そこからが私の力の見せどころだと、心の中では見得をきったが、自信があったわけではない。それでも、四十年近く拘束されていた生活に区切りをつけ、自由になりたかった。心のどこかには、私はこれでは終わらないだろうという気持ちはあったけれど、空っぽの日々だった。

そんな時、国際科学技術博覧会協会から電話があり、「つくば万博」の「子ども劇場」のプロデューサーをやってほしいという。昭和六十年に開かれる万博の「子ども劇場」で上演する劇団の選定、その経費、スケジュールの交渉などが仕事だ。私はそれまでと違う

仕事に興味を持ち、喜んで引き受けた。三月「人形劇団プーク」、四月「竹田人形座」、七月「劇団飛行船」、八月「アラマ先生（波瀬満子出演による）」「劇団風の子」の五団体を選んだ。

もう一つの新しい仕事は、日本青少年文化センターが主催する「久留島武彦文化賞」の選考委員だった。前述したように、これは口演童話家の久留島武彦の名を冠したもので、その年、青少年文化の発展に寄与した個人及び団体に贈られる賞の選考である。久留島武彦のことは、前々から知っているので、勉強しながらやっていこうと、これもお引き受けした。

それから、地元の浦和で、ガールスカウト埼玉県第五団の団委員長を引き受けてほしいと言われたのだが、私は娘を持たない上に、ガールスカウトについての知識もなかった。お断りしたが、当時の委員長が家庭の事情で困っておられるのを聞いて、「それでは、後任が見つかるまで、お引き受けしましょう」ということになった。このガールスカウトは、小学校一年生から高校生までのグループで、普段、家庭では出来ない日常の作法や、縄結びに始まり、舎営の時の便所掃除、キャンプの火起こし、水汲み、飯炊き、山歩きまで、私には得難い経験だった。スカウトたちは、寝袋の入った荷物を背負い、汗だくで山道を歩く。私はハラハラしながら見ていたが、リーダーたちの指導で、年長のシニアやレンジャーは、年下の子供たちの面倒をよく見る。こうした経験のない私は戸惑いながら、キャ

昭和57年、浦和の公園で

ンプに行って煮炊きをしたり、外国から来たスカウトたちと交流したりした。そして、「後任が見つかるまで」だったはずのこの仕事を、二十年も続けることになった。

また、地域の公民館から、「話し方」について講演してほしいと言われ、もともとアナウンサーとしての経験がある私は、喜んで講演させてもらった。そのほか、幼稚園、保育所、地方の婦人会などからも講演依頼があり、忙しい毎日になった。定年後の自分がどう社会に迎えられるか、自信のなかった私は、必要とされるのが嬉しく、どこへでも出かけていった。

油絵で、ものを見ることを学んだ

女の姉妹のいない私にとって、夫の妹、さちよは、たった一人の妹で、いつも私の側に立って助けてくれた。料理研究家の赤堀全子《あかほりまさこ》に学び、テレビの料理番組のアシスタントなどをしていたが、縁あって、運輸省に勤めていた男性の家に嫁いだ。私たち夫婦は、さちよの結婚式を老齢の両親に代わって行った。

その両親も、昭和四十四年に義父の俊一郎《としいちろう》、五年後に義母のかねが亡くなった。義父には、ひどい言葉を浴びせられたこともあったが、実は、この義父と後添えの義母には、私

と同じくらいの娘がいたのだが、二十歳になる前に亡くなっていた。何故、自分の娘は亡くなり、嫁は健康で生きているのかという義父の思い、それが怒りになって私に浴びせられたのだと思う。私はその心根が哀れで、恨む気持ちにはなれなかった。

それでも、私の気持ちが義父に通じるまでには、長い時間がかかった。亡くなる五年ほど前、仕事から帰った私は、朝、義父が倒れたことを知って、医院に駆け込んだ。軽い脳梗塞だった義父は、翌日から床についてしまった。

往診に来た医師は、私が義父の病状や治療について問いただしたことをあげて、「お宅のお嫁さんは大したものですよ」と褒めてくれたらしい。義妹のさちよが、「お父さんときたら、お義姉《ねえ》さんのことを褒められて嬉しかったらしく、顔をくしゃくしゃにして泣いてた」と言って、「お義姉さんの株があがったみたいよ」とにっこりした。私はとても嬉しかった。

義父が亡くなった後、夫が義母に、「さちよのいる家へゆきたければ、そうするのもいいし、僕たちのところにいてもいいんだよ」と言った時、義母は「ここに、いたい」と答えた。この母は、妹さちよの実母で和夫には義理の母なのだ。長年の暮らしが、私たちと彼女を、そんな仲にしたのだと、しみじみ思った。

義母は亡くなる前、こんなことを言った。「私、このままあんたにお礼を言わずに、死

んでしまうのかしら」と。「冗談じゃないわ。早く良くなって、私を助けてね」そう言ったら、義母も笑顔で言った。「私に出来るかしらね」と。

でも、義母はそれきり、回復することはなかった。

相手のことを思う、相手の身になって考える、それが出来れば、お互いに理解しあえる。それが優しさに繋がるのではなかろうか。私は、そのことを学んだ。


息子も大学を出て銀行に勤め、私たち夫婦は二人きりになった。私は、NHKに勤めていた頃、講談社の「フェーマススクールズ」という通信教育で絵を学ぼうとしたが、当時は週休一日、それに、ディレクターとしての仕事が忙しく、卒業は出来なかった。ようやく定年になって、週一回の人物画の教室に通うことになった。日曜日、いそいそと出かける私を見て、夫は笑った。「あんたは、絵を描きに行く時が一番嬉しそうだね」と。

私は、絵を学ぶことで、ものを見ることを学んだ。白日会の内山芳彦《うちやまよしひこ》先生からは、人物のデッサンを教えていただき、埼玉県美術展覧会に60号の絵を出品、入選することが出来た。人物ばかり描き、少し自信が出来た時、息子に、自慢気に私の絵を見せたところ、彼は言った。「僕は、ものを言わない絵は、絵とは認めない」と。

ものを言う絵なんて、とても描けやしない、そう思ったけれど、私は、「フェーマスス

クールズ」で初めに教えられた、「イリュージョンを描く」ことを忘れていたのだと思った。その後、自由に描くことを、独立美術協会の伊東茂広《いとうしげひろ》先生から学んだ。「絵は丁寧に描けば描くほど、イメージが固定される」とも教えられた。ある程度、デッサンを学んだのだから、後はイメージを表現することを考えるべきだと思った。

　実は、公民館で講演を行った後、朗読グループが生まれ何度か発表会を催すようになった。この時、ステージの後ろが淋しいと思い、絵を置いてみることを考えた。しかし、ぴったりな絵はなかなかない。その上、絵が素晴らしければ、朗読のイメージを壊してしまう。それなら、切り絵ではどうかと考えた。おおまかなシルエットなら、私の手で作れる。それに、シルエットのほうが想像が膨らみイメージを固定しない。そう考えて、簡単な切り絵を作り、バックにローラーで描いた絵を置き、映像として投影した。平面的な黒のシルエットがイメージを広げ、美しいと好評だった。

　こんな私の切り絵を、演劇集団「円《えん》」の俳優、山口眞司《やまぐちしんじ》さんが気に入ってくださって、蓮田《はすだ》市の昔話を素材にした音楽朗読劇「黒浜沼の河童」のステージ（彩の国さいたま芸術劇場と蓮田市総合文化会館ハストピアでの公演）のバックを飾った。俳優二人と、合唱団、オーケストラのステージの後ろに、ローラーで描いた幻想的な色彩が浮かび、切り絵のシルエットが夢の中のような雰囲気を演出した。シロウトの切り絵だが、大勢の方が喜んで

くださった。

これが、「イリュージョンを描く」ことに繋がるのかどうか判らないが、息子の指摘した「ものを言う絵」に、少しは近づいたのかなと思っている。

フランク・馬場《ばば》の言葉

前にも書いたが、平成七年四月十三日、私は、朝日放送と朝日新聞社が主催したシンポジウム「検証　戦後放送の黎明」のパネリストとして、東京有楽町朝日ホールのステージに登壇することになった。この企画の狙いは、戦後五十年の機会に、戦後放送の黎明期を検証しようというものだ。パネリストは、内川芳美《うちかわよしみ》東京大学名誉教授、野崎茂《のざきしげる》東京女子大学教授、五百旗頭真《いおきべまこと》神戸大学教授、そして私。それに、元GHQ民間情報教育局員フランク・S・馬場と元GHQ民間通信局調査課長クリントン・A・ファイスナーの二人が、アメリカから招聘《しょうへい》されての参加だ。とにかく私以外は、みんな一流の研究者ばかりだった。

「こんな先生方の中で、研究者でもない私は、どうしたらいいでしょう?」と、コーディネーターを務める放送評論家の大森幸男《おおもりゆきお》に言うと、「武井さんは、ご自分の経験なさったことを、そのままおっしゃればいいのですよ」と言われた。そうだ、いつも通り、自然体

で行けばいい！　と覚悟を決めて、出番を待つ。すると本番直前、途中休憩なしになったことを知らされる。お手洗いは堂々と退席してください、とのこと。三時間半の長丁場なのだから、そのことも気がかりだった。

こうして始まったシンポジウムだが、内容は興味深いものだった。アメリカの対日政策の意味、ドイツと日本の占領政策の違い、民間放送の導入の引き金になったものは何か、など、面白い話が聞けた。でも、一番楽しかったのはフランク・馬場の話だった。彼はＮＨＫの「街頭録音」や「政治討論会」「日曜娯楽版」などの番組を立ち上げたり、民放誕生に力を尽くしたり、戦後の放送になくてはならない仕事をした方だ。コーディネーターの大森が彼に会場から寄せられたこんな質問をした。

「（馬場さんは）ラジオ番組の内容は、十四、十五歳の子供にわかるような内容を心掛けられたとのこと、それはなぜでしょうか」

「当時ＮＨＫで放送していた番組はほとんどが大学の講師口調でしたので、聴取者にとって非常に分かりにくいんですね。しかし、ラジオ番組というのは聞いて分からなければ全く意味がありません。（中略）例えばルーズベルト大統領の演説は私が翻訳する場合でも字引なしで翻訳できるほど分かりやすいものでした。というのは、彼の原稿は、ロバート・シャーウッドという有名な作家が書いていたからです。それに比べて、チャーチル首

相の演説や宋美齢夫人の演説は字引が必要でした。特に宋美齢夫人のは中国流の美辞麗句が並んでいて非常に難しいんです。それは漢字で読めたらいいかもしれないけれども、耳から聞くだけでは大部分の人は理解できない。ですから、日本を民主化するためには、これではいけないと考えました。若い人、特に婦人層、——女学校時代に勤労奉仕でよく勉強できなかった人達、そういう人達が分からなくてはいけないというので、対象を十四歳から十六歳までというように決めたんです。その人達が分からない言葉は放送しても意味がない、そういう信念を持ってやりました」

実はかつて、アメリカの上院の公聴会で、マッカーサーが「日本人は十二歳の子供のようなものだ」と発言したことが、日本で誤解されて伝わったことがある。このこともあってか、会場から次のような質問があった。

「馬場さんとファイスナーさんは当時の日本人に対して、知的水準をどの程度と考えていましたか」

ファイスナーさんの答えは、「国民の知的レベルは、時代によって変わるものではないと思う。日本は第二次世界大戦から立ち直り、短期間で経済大国になったのだから、知的レベルは高かったのだと思っている」というものだった。

馬場さんは、「知的レベルが低いのではなく、情報を入手していなかっただけだ。だか

ら、日本を民主化するためには、そういう人達に判るように話すことが大切だと思う。ラジオ課の人達にルーズベルトの話をして納得してもらい、情報を入手していなかった青少年層に判る言葉で話すことを決めた」というようなことを言われた。

馬場さんが楽しそうに話されるので、私も話しかけたり、あいづちをうったりした。そのせいだろうか、私と馬場さんのところだけ、会場の笑いが多かったようだ。

会場からは、こんな質問も寄せられた。

大森「僕は将来マスコミに進みたいのですが、『これだけはしておけ』というご意見がございましたら、ということの（笑い）助言をお願いします。武井さん、いかがですか」

私「これは困りましたね。（笑い）」

大森「『これだけはしておけ』と言われてもね」

私「全部したほうがいいんじゃないでしょうか。（笑い）。『これだけ』というのは、ないと思うんですけれども。ただ、放送というのは非常に変化が多いものですよね。その時代と共に生きていくもの……、対応しなくてはならないものがありますから、やっぱりいろいろなことを見て、いろいろなことを聞いてやっていく以外にないんじゃないかしら。自分自身の感性みたいなものが一番大事になるような気がするんですね。ですから、『これだけは』と言われたら、ありません。（笑い）」

馬場「『そんな近道はありません』とね。（笑い）」
私　「『そんな近道はありません』と馬場さんがおっしゃっています。（笑い）」
もう一つ、馬場さんのテープレコーダーの話を紹介する。
馬場「一九四九年、私は休暇でアメリカへ帰りまして、テープレコーダーを一台買って日本に持ってきました。そしてNHKの人に見せたんです。そしたら、彼が『一晩貸してください』と言うので、『OK』と貸しました。でも三日たてど一週間たてど返さないんです。『あのテープレコーダーどうしたんですか』と聞いたら、『実はバラしちゃって元通りになりません』。（笑い）。ところがそれをバラしたのは実はソニーの井《い》深大《ぶかまさる》さんだったんです。（笑い）

　井深さんはそれを非常に詳しく研究して、そして、テープレコーダーのソニー、世界のソニーを造ったんです。こんな話ね、今の若い人は信じないでしょう。ところが、ソニーから創立二十五周年かなんかにアルバムを送ってきました。なぜ、送ってくるんだと思って見たところ、井深さんが『二世の友達のフランク・馬場から初めてテープレコーダーなるものを見せてもらった』と書いていました」

　私は当時のCIEに馬場さんがいて、本当によかった、幸せなことだったと、心から思った。なお、この模様は『シンポジウム　検証　戦後放送』として、朝日放送戦後50年企

画ABC推進委員会編できちんとまとめられて本になっている。

私はこの日、大役を終え、帰ろうとしたところ、係の方に名刺を一枚渡された。手に取って見ると慶三叔父のものだった。

「照子さん、さすが！　でした。この後、委員会があるので、会わないで帰ります」と書いてあった。私は、慶三叔父が来るなど、思ってもいなかったので驚いたが、とても嬉しかった。

インターネットで調べてみると、慶三叔父にはたくさんの肩書きがある。日本のエコノミスト、思想家、教育者、実業家、政治家、俳人、参議院議員……。とにかく、たくさんの仕事をし、たくさんの本を書いて、九十一歳で亡くなった。本当は偉い人なのだけれど、私にとっては、小さい時に遊んでくれた、大好きな兄貴ぶんでしかない。

今は、上野寛永寺の徳川慶喜と背中合わせのお墓に静かに眠っている。

夫と見た、東京工業大学校庭の桜

夫の和夫は定年が近づいた時、こんなことを言った。「もう少し勤めていたら、ナントカ褒章がもらえるけれど、そうした方がいいと思う？」

私は言った。「あなたは、そのナントカ褒章をもらいたいの？」

「いいや」

「だったら、辞めたらいいじゃない。あなたは、兵隊として仏印へ行って働き、マラリヤにもなった。その後、大きな手術もして、大変な目にも遭った中で働き続けた。もう十分、社会に尽くしてきた。これからは人生を楽しんだらいい。そうしたって、誰からも文句は言われないと思うけれど」

彼は定年で仕事を辞め、その後、ボウリングを楽しみ、信州の実家にあった古文書を調べようとして始めた勉強も続け、趣味の切手収集に没頭し、八十歳に近い人生を楽しんで生きてくれた。

「いつも二人ご一緒で、仲がいいですねえ」と言われた夫婦だったが、私が出かけることが多くなった時、夫は必ず玄関まで出てきて見送ってくれた。

出張の時などは、「なるべく早く帰ってきて」と言うので、私は苦笑しながら、「はい、判りました」と言うような夫婦だった。

息子は五年で銀行を辞め、フリーになった。夫は「辞めて、どうする気だ？」と怒ったが、息子は「判らない」と言うだけだった。私は、「ラーメン屋の屋台を引っ張ってでも生きていくつもりなら、それもいいんじゃない？」と言った。そんなふうにしか、言葉は

出てこなかった。息子は、小さく、「ありがとう」と言ったようだった。

息子は、長い間フリーで仕事をしていたが、東京外国語大学の大学院に入り、言語学を学んだ。その後、東京工業大学の留学センターに勤め、助教授から教授になった。

平成九年四月、息子に助教授の辞令が出た時、「校庭の桜が綺麗だから、見にきたら」と言われて、夫と二人で桜を見に出かけた。東京工業大学校庭の桜は満開で、その中に息子の研究室があった。

「これが、彼の研究室なのか？」夫は、あちこち確かめるように部屋の中を見て回った。銀行を辞め、フリーで仕事をし、自分なりに努力してここまで来た息子を、私は褒めてやりたいと思った。夫も心の中でそう思ったに違いない。それから一緒に食事をした。その時の和夫の嬉しそうな顔は、今でも心に残っている。

しかし、腰痛に苦しんだ和夫は、ひと月ばかり入院した後、あっという間に亡くなってしまった。信じられない別れだった。亡くしてみて、その存在がどんなに大事なものだったかを思い知った。私が精神的にどん底だった時、支えてくれ、いつも私の話をきちんと受け止めてくれた。思い上がった時は、優しい言い回しでたしなめてくれた。思い出すたびに悲しくて泣いた。こんなに涙があるものかと思うほど泣いた。涙はその分だけ心を癒してくれた。

アンドレ・モーロアの言葉に、「幸福な結婚というものは、婚約の時から死ぬまで、決して退屈しない、長い会話のようなものである」というのがある。

私はそんな会話を、和夫と交わすことが出来たのだろうか。いつも、顔を向ければ和夫がいて、言葉を返してくれた。もう、和夫とそれを交わすことは出来ない。悲しいけれど、そんな会話があったことを感謝しなくてはならないだろうと、今は思っている。

二頭の犬と孫たちと

夫が亡くなった後、ひとり暮らしの私を気遣った息子が、何日か泊まってくれた。ひとりに戻ってみると、淋しさが身に沁《し》みた。どこにいても、夫のいないことが心を締めつける。「砂時計」という喫茶店へ行き、ひとり珈琲を飲む。いつも、二人で珈琲を飲んだっけ、と物思いにふけっていると、バックミュージックが耳に入ってきた。「えっ、『ユー・アー・マイ・サンシャイン』じゃない？」それは、たった一つ夫が歌えた、懐かしい曲なのだ。涙で珈琲が飲めなくなった。

絵の教室の帰り、その頃は携帯電話がないので、途中の赤電話に寄って、夫に電話をかける。「これから、帰りまぁす」「はぁい。早く帰ってきて」そんな夫の返事は、もう聞け

ない。答えてくれない赤電話の前を、避けて通る。

三年間、ひとり暮らしになった。朗読グループの生徒がきたり、弟、伸夫の妻、町子《まちこ》さんが煮物を届けてくれたり、みんなが支えてくれた。

ある時、美術展などで仲良しになったこもだ建総の社長が、地震に強い構造の家を見てみないかと電話をくれた。息子に連絡し、見にいってみた。参考に見ておこう、くらいの軽い気持ちだったが、息子は、木の匂いと地震対策とが気にいった様子だった。

それから、話はとんとん拍子に進み、とうとう家を新築することになった。しかし、七十七歳の私である。引っ越しなどをどうしたらいいかと考えていると、強力な助け舟が現われた。朗読グループの松代京子《まつしろきょうこ》さんご夫妻と、槇幸子《まきさちこ》さんご夫妻が、家の片付けから、不用品の廃棄、荷造り、運搬まで、すべてに汗を流してくださったのだ。この方々の力がなければ、私の家の新築は到底無理だったと思う。

家が出来るまでの引っ越し先は、草ぼうぼうの空き地に面したガタガタの家で、朗読グループの高橋民子《たかはしたみこ》さんに心配されたが、私はあまり気にかけなかった。「雨戸がきしんで、何だか懐かしい。それに、でんでん虫がいたの！」なんて、のんびりしていた。

半年後の平成十五年一月、我が家は新築落成した。七十七歳での新築は、みんなに驚かれたが、そこへ、息子の結婚の話が続いて起こった。「結婚しようと思うのだけれど」と

聞いて、私にすれば、願ったり叶ったりだ。「そう、良かったじゃない」と言うと、「それが、ふた回り年下なんだ。新居も出来たことで、彼女が同居したらどうかって言ってる」と言う。

驚いたけれど、姑との同居で苦労をした経験もある。「一緒に住んで、みんなに羨ましく思われるような家族になろう」そう考えて、同居することに賛成した。

「それから、犬のことなんだけど、彼女の犬も連れてくるからね」と、息子は言う。

彼女の犬は、真っ白な雌のシェパードで、名前は卵の意味の「エッグ」、耳がピーンと立ち、直立すると大人の胸くらいの高さがある。白ギツネそっくりだ。息子が以前から飼っている犬は「ハナ」、盲導犬によく使われる、雌のラブラドール・レトリバーで、三十キロもある。薄茶色の短い毛並みで、耳が下がり、どっしりしている。利口で穏やか、人間の言葉がよく判る。

翌年、息子夫妻に男の子（萌《もゆる》）が生まれ、三年後には女の子（さらさ）が生まれた。この二人の孫と大型犬二頭との暮らしは、まさにメルヘンのようなものであった。

息子の結婚式の時、私は弟の伸夫に父親代わりを頼んだ。式場までのタクシーに乗った時、彼の手が、ひどく冷たいのに気づいた。

彼は、有名な柔道家、醍醐敏郎《だいごとしろう》に可愛がられ、自身も七段まで上りつめた男で、見かけは強持《こわも》てだが、気は優しく心根は温かだった。子供の頃は、「豆タンク」と渾名されるほどのきかん坊で、みんなを困らせたが、終戦時に中学生だったこともあって、彼なりの悩み多い人生を歩んだ。結婚して間もなく、「姉のいる浦和に住みたい」と言って二、三軒先に越してきたので、やがて孫たちのいい話し相手になってくれると信じていた。しかし彼は、私のいる前だと妙に見栄を張り、物事を大袈裟に語る。私は姉の立場から、「私が言わなくては」と思い、いつもたしなめる立場だった。でも仲夫は、私に褒められたかったのではなかろうか、そんな気がしてならない。私は、仲夫の冷たい手に触れた時、突然、母親のような気持ちになり、それまでの彼の人生を褒めてやりたいと思った。

それなのに、彼はそれから二年も経たないうちに、この世から旅立ってしまった。

私は今も、柔道の試合をテレビで見ると、思わず耳をそばだてる。どこからか、仲夫の人懐っこい声が、聞こえてくるような気がするから。

八十四歳でリュブリャーナへひとり行く

平成二十一年のある日、息子が、突然こんなことを言った。

「スロベニアへ行って、半年ぐらいそこに住むことになった」と。

「僕たちはすぐ行くけど、おふくろは、僕たちが行って、少し様子がわかってから、観光するつもりで来たらどうだろう?」

スロベニアとは、聞いたこともない国の名前だった。調べてみると、ユーゴスラビアから独立して、まだそれほど経っていないヨーロッパの小国である。「知っている」と言った人の多くは、「スロバキア」と間違えたくらいのものだ。息子の話を聞くと、ヨーロッパの中部にあって、周りは、オーストリア、ハンガリー、クロアチア、イタリアも地続きだ。治安がよく、古い文化の残る落ち着いた国なのだという。息子夫婦と孫たちみんなが行くのだから、私も行きたい。でも、後から行くのだから、ひとり旅になる。

息子夫婦は、シェパードのエッグをお嫁さんの実家に預け、レトリバーのハナを長野の牧場に預けた。あわただしい準備が終わると、五歳と二歳の子供を連れて、スロベニアの首都リュブリャーナへ出発、翌日の夕方、「無事に着いた」とのメールがあり、ほっとしたが、心配事もいくつか書かれていた。

「リュブリャーナ行きの飛行機がひどく揺れて、二歳の娘が私の手を握りっぱなしでした。こんなでは、おばあちゃんの体調が心配」とお嫁さんの映里《えり》。息子は「ウイーンでの乗り継ぎが思ったより大変。それに航空会社のサービスは、ほとんど期待出来ない。おふくろ

は、体調を整えてからでないと、無理かも知れない」とのこと。なにしろ私がひとりで行くとなれば、八十四歳のひとり旅。ウイーンかミュンヘンまで飛行機で十二時間、そこからさらに乗り継いで、リュブリャーナまで一時間という長旅だから、みんなが心配するのも無理からぬこと。それに、腰痛がなかなかよくならない。六月出発を延期することにしたが、そこから日程を決められずにいた。そんな時、息子からメールが届いた。「おふくろは、弱気になっていませんか？　まあ、そんなこともないでしょうけど」だって。

図星だな！　と思った。でも、肯定するのもシャクじゃない？　飛行機なんて、乗りさえすれば行けるのだから、行こう！　そう思って、七月終わりに日程を決め、旅行会社にファックスを入れた。体調は万全ではないが、無理をせず行けばいいと考えて……。

出発前夜、海外旅行に慣れている友人の槇幸子さんと草薙瓔《くさなぎよう》さんが、ANAホテルの宿泊につきあってくれた。翌朝、早めに空港へ行き、搭乗手続き、国際線の出発口を通ると、ここからは全くのひとり、孤独なひとりの旅行者だ。パスポートと航空券、荷物預かりの半券を何度も確認し、バッグ二つをしっかり抱いて保安検査場に向かう。セキュリティチェック、パスポートの提示、それから、ルフトハンザ航空の24番ゲートへ行く。

ひとり旅なので、ビジネスクラスにしたのだが、よかったのは、座席が広いことだけ。ビデオも、リモコンを操作すれば何十種類も見られるが、どれもドイツ語なのでチンプン

カンプン。周囲の人たちは旅慣れた人ばかりで、さっさと身支度をして、自分のスタイルになっている。乗務員も私などには目もくれず、颯爽と通り過ぎていく。リモコン操作の説明書など、読もうとしても、暗くて見えやしない。

私は見様見真似でボタンを押し、リクライニングすると、体を横たえた。間もなく食事が出、それがすむと、機内が暗くなり、あちこちの人たちが椅子を倒し、寝始めた。「寝る時間でもないし、眠くもないのになあ」窓の外を覗いてみると、太陽が燦然《さんぜん》と輝いている。これから十二時間のミュンヘンまでの旅だ。「やれんなあ！」である。

長い長い時間が過ぎ、ミュンヘンに到着。所持品検査で、頬の赤いドイツの青年が、バッグの中を見せるように言う。「プリーズ」と言うと、飛行機の中で食べ残したお握りが出てきた。青年はそれを手にとって私に差し出して言った。「ホワット？」

えっ、知らないの、お握りよ。私は一瞬ためらいながら言った。

「オニギリ、ジャパニーズ・ライス！」

すると、彼は何と思ったのか、破顔一笑、そして、もう一度お握りを眺めて、バッグに戻したのだ。それから、乗り継ぎのゲートに行く。

この空港ときたら、広いの何の、動く歩道を三つも乗り継いで、ようやく43番ゲートに着く。それから何時間か待って、空港のはずれにとまっていたアドリア航空の小さな飛行

機に乗った。イケメンの乗務員が一番前の座席に案内してくれ、一時間後、ようやく夕暮れのリュブリャーナに着いた。

息子が予約してくれた「アンティーク・ホテル」は、お城が見える旧市街にあって、十六世紀に建てられたという石造りの建物だった。近くにリュブリャニッツァ川が流れ、周りには大学の資料館などが並び、目の前には高く突き出た彫刻の噴水があって、たくさんの鳩《はと》が水を飲みに集まっている。ホテル前の坂道を辿っていくと、やはり十六世紀に建てられたと思われる建物が並んでいて、奥に教会の塔が見えた。

この辺の建物は、玄関先に彫りの深い顔の彫刻があったり、旗がたてられていたり、中には骸骨の絵の看板が、狭い路地から顔をのぞかせていたりして、実に個性的だ。壁の色はほとんどがベーシックな白か茶色だが、そんな建物の出窓には、季節の花が華やかな彩りを見せている。石畳には凹凸があるので、足の弱い私には一苦労だが、その曲線の美しいこと、私はその石畳を、ひと足ひと足踏みしめながら歩いた。

ホテルでは、長身の青年が「お待ちしておりました」と、にこやかに出迎え、部屋まで案内してくれた。中へ足を踏み入れた私は、思わず「わっ！」と声を上げた。豪華なこと、二十畳ほどもある広い部屋に古典的な調度品がずらりと並んでいる。衣装箪笥が三つに、

テレビ、鏡台、ソファ、小机と椅子、ダブルベッド、窓際にはレースの房をつけた大きな電気スタンド、そして、天井からぶら下がったシャンデリア、臙脂色のベルベットの布地で覆われたカーテン。ビジネスホテルの狭い空間に慣れている私にとって、この広さは驚きだった。

リュブリャーナでの十日間は、私にたくさんの思い出を残してくれた。

朝から珈琲が飲めるテントの下の喫茶コーナー、フルーツと花がいっぱいのマーケット、教会の鐘と石畳の道、土曜と日曜に開かれる川沿いの骨董市、路傍のハーディー・ガーディー弾き、リュブリャニッツァ川に架かる三本橋……。そして、何よりも嬉しいのは、ゾウリ履きで走り回っている元気な孫たちと、街に溶け込んでいるような息子夫婦に会えたこと、私は、そのために旅をしたのだから。

「イタリアとは地続きだから、行ってきたら」と息子に言われても、「私は、この街を歩くだけで十分!」そう言って、街から動かなかった。もちろん歩きまわる脚力がなかったせいでもあったけれど。

あっというまに十日間が過ぎ、帰る日がきた。フロントでの精算、私の英語で通じるかなと思いながら、しゃべってみた。

「トゥデイ、カムバック、トゥージャパン、ラチューン、プロシウム、イン、カード」

「カード？　オーケー？」

「イエース」

こんな、女学校時代の英語と、片言のスロベニア語で通じるのだから、たいしたもの。空港で、息子夫婦と、孫の萌とさらさに別れを告げた。「フバーラ、ありがとう、さようならリュブリャーナ」

セキュリティチェックもあるので、早めにチェックインする。

「じゃ、おばあちゃんは行きます。浦和で待ってまぁす」と言うと、上の孫、萌が側へ来て、小さい声でこう言う。「おばあちゃん、大好き、あぶないことしないでね」

この悪戯坊主、泣かせるセリフを言うじゃないの。

「はーい、ありがとう。さよなら、バイバーイ」

こうしてまた、ひとり、アドリア航空で一時間、ルフトハンザ航空で十二時間、ようやく成田に戻った。

朗読グループに顔を出すと、みんな拍手で迎えてくれた。心配していたみたい。なにしろ、八十四歳のひとり旅なのだから、どこかで迷子になっても不思議じゃない。

「お帰りなさい！」

「無事でよかった！」

みんなの優しさが溢れていた。こんなにみんな、心配してくれたんだ。実際に手を貸してくれる人あり、そっと心を遣ってくれる人あり、黙って見守ってくれた人もある。私はいい人たちに囲まれて、本当に幸せだと思った。

その年の秋、息子夫婦と孫二人が浦和に戻り、二頭の犬も再び家に帰って、家はまた、賑やかな暮らしに戻った。

東日本大震災の日の自転車

平成二十三年三月十一日、あの大地震は、私が自分の部屋にいた午後に起こった。

ミシッ、ミリミリ、バタバタ……、今までにない揺れだ。

「凄い地震だけど、大丈夫？」

私は二階にいるお嫁さんの映里と、二人の孫に声をかけた。元気な返事があり、少し揺れが収まった時、三人は「ドサドドサッ！」と階段を駆け下りてきた。「おばあちゃん、怖い！」下の孫のさらさが言う。私は、お腹に力を入れ、しっかりした声で言った。

「大丈夫よ。この家は、これくらいの地震ではびくともしないから」

孫たちは幸い家にいたので、とりあえずほっとしてテレビをつけると、津波の押し寄せ

ている映像が映っている。「早く逃げて、早く！」思わず、みんなでテレビに声をかけた。そんな時、「こんにちは！」と、やってきた人がいた。私のところへいつも来てくれるマッサージの国分《こくぶん》さんだった。そういえば、今日は約束の日だった。彼女は、北浦和の駅で降り、近くの横断歩道まで来た時に、地震が起こったのだそうな。とにかく家へ入ってもらい、暫くはみんなでテレビの画面に釘付けになった。

大学にいる息子は、お嫁さんのメールで無事が確認出来たが、その後の話にびっくりした。息子はこんな時のためにと、自転車を買って学校に置いておいたのだという。その自転車で浦和まで帰るそうだ。「えーっ、大丈夫？」

だって、息子も、いい歳になっているのだから心配になった。それにしても、目黒の大岡山から浦和まで、何時間かかるのだろう。用心深い息子は、自動車で行った時、地図を見て、家までの道のりを確認していたという。

夜七時過ぎ、自転車に乗っている息子から、「これから荒川を渡る」との連絡が入った。そして、夜八時、玄関に姿を現わした父親に、家じゅうから歓声が上がった。「お帰りなさい。疲れたでしょう？」と聞くと、息子は「腿《もも》が少し痛いだけ」との返事だった。

大変な一日だった。その日は国分さんも家に泊まり、次の朝、まだ電車が通じていないのに、地下鉄で帰ると言って、浦和美園《うらわみその》駅へ行くバスに乗って帰っていった。

しかし、それから後の計画停電騒ぎは大変だった。「今日はどの地区、明日はこの地区が停電」などと、パソコンで情報を調べる毎日だった。十三日が、孫のさらさの誕生日だったので、停電のなか、ローソクの光で、「ハッピーバースデー」を歌った。こんな経験は、二度とないだろう。そんな意味で、さらさにとって一番印象に残ったハッピーバースデーだったかも知れない。

三十年余りも続く朗読グループ

私は、子供向け番組制作の経験から、小学校で朗読をしたいと考えていた。しかし、当時の小学校は、あまり朗読に興味を示してくれない。授業で手いっぱいなのかも知れない、と考えていた矢先、浦和の別所公民館での講演をきっかけに生まれた朗読グループ「ベルグの会」に浦和大里小学校から、年に一回、授業の中で朗読してほしいとの依頼がきた。喜んで引き受けることにしたが、低学年向けとして始めたのが、途中から高学年向けに変更になった。五、六年生向けだったら、大人も感動するような作品でなくてはと考え、ディケンズの『クリスマス・キャロル』を選んだ。長編なので脚色は大変だったが、何とかまとめた。

すると、子供たちはとても喜んでくれたのだ。

私は思った。いい作品は、少し難しくても、子供の心を捉えることが出来ると。脚色は骨が折れるが、なるべくレベルの高い作品を取りあげたいと思った。

次に、森鷗外《もりおうがい》の『最後の一句』を選んだ。五、六年生でも難しいのではないかとの声もあったが、私には自信があった。斬罪にされる父親を救おうとする話だから、子供たちはきっと判ってくれると。期待通り、子供たちは感動し、その気持ちを作文に書き、送ってくれた。

言葉の難しさはあっても、優れたテーマは子供の心を惹きつける、そのことを確信したのだ。それ以後は、作品の幅を広げることに力を入れ、現在も挑戦している。

これまでに選んだ作品は、次のようなものである。

『クオレ』（デ・アミーチス）
『たくさんのお月さま』（ジェイムズ・サーバー）
『最後の一句』（森鷗外）
『クリスマス・キャロル』（C・ディケンズ）
『耳なし芳一』（小泉《こいずみ》八雲《やくも》）
『小さな魚』（エリック・C・ホガード）

『アンクル・トムの小屋』（ストウ夫人）
なお、長編はストーリーを解説し、作品の盛り上がりの部分を聞かせる。時には、音楽も入れ、三十分くらいに纏め、聞きやすいよう心を遣っている。

私は作曲家の横山菁児《よこやませいじ》と「お話でてこい」の制作で一緒に仕事をした。彼は、ドラマのイメージを豊かに表現出来る作曲家で、アニメーションの「聖闘士星矢《セイントせいや》」、特撮の「メガロマン」「超力戦隊オーレンジャー」などの音楽を手掛け、厚生大臣賞や、日本アニメ大賞音楽部門最優秀賞などを受賞している。中でも、イスラエルとの交流から生まれた映像音楽詩「イスラエルの心」は清冽《せいれつ》で、心が洗われるほど美しい。私は時々、彼のＣＤを使い、朗読をすることにしている。なお、音楽に関しては、「鉄腕アトム」のテーマソングの作曲家、高井達雄《たかいたつお》、国立音楽大学教授であった田中利光《たなかとしみつ》からも、多くの教えを受けた。

朗読グループは「ベルグの会」発会の後、「エルムの会」「みむろ朗読グループ」の二つが生まれた。発表会を三十回も行い、演劇集団「円」の「メリーさんの羊」公演と共に、さいたま芸術劇場で、『イノック・アーデン』の朗読のステージを持つまでに成長した。

現在、「ベルグの会」は、浦和大里小学校での朗読と、別所公民館の高齢者グループ「一本杉学級」での朗読と文化祭への参加、岸町小学校の「放課後チャレンジスクール」

での朗読、それに地域活動支援センター「どくだみ荘」での朗読などを行っている。「エルムの会」は、大谷小学校での朗読と特別養護老人ホーム「尚和園」での朗読、上木崎公民館の文化祭の参加。「みむろ朗読グループ」は、緑区の「手づくり楽楽ロビーコンサート」と、三室公民館と大古里《おぶさと》公民館の文化祭の参加、地域の介護施設での朗読会などを行い、みんな生き生きと活動している。

「ベルグの会」が発会したのが昭和五十七年だから、もう四十年近くにもなる。創立の時には少女のようだった小林《こばやし》裕子《ひろこ》は、当時と変わらぬ素直で優しい朗読を続けているし、標準語で苦労した吉本輝子《よしもとてるこ》も、誠実な人柄そのままに活動している。みんな、プロとはひと味違った心の籠った朗読である。人間は、十人十色、声も違えば、表現力も違う。だから、その人らしい表現で、作品の心を伝えればいい。大事なのは、言葉の音や声、アクセントではなく、作品を理解し、感動する気持ちだ。いくらテクニックがあっても、心のない語りは無味乾燥でつまらない。

「何故、そんなに長いこと続いているのですか？」と、時々聞かれる。

それは、楽しいからではないだろうか。

朗読で、優れた作品に出会い、それを伝えることで、聞く人が感動する。特に、子供た

ちの反応は言葉に出来ないほど素晴らしい。

「先生、私たちは、子供たちに話をしてあげるのだと思っていましたが、そうじゃないんですね。子供たちから、感動や、いろいろな言葉を貰っているんです」

グループの人たちは、そう言って、目を輝かせて報告してくれるのだ。

私の講座は、笑い声が絶えない。それは、アナウンサー時代、先輩から教わったことによるものではなかろうか。彼らは江戸っ子で、気っ風がいいし、いつもユーモアに溢れている。一緒にいると、楽しいことばかりだ。おやじギャグが続出し、失敗談などで笑いが絶えなかった。私も、そんな雰囲気作りをしたいと思っているが、どうだろうか。

また、朗読で大事にしていることは、「聞く側」でものを考えることだ。語り手は自分の好きな作品を選びがちだが、自分の好みだけで選んではいけない。同じような作品ばかり並べるのも、聞く側は疲れるし、飽きてしまう。長短、硬軟、取り混ぜて聞かせなくては、楽しくない。

今まで大人たちに好評を得た作品は、次のようなものだ。

『イノック・アーデン』（テニスン）

『恩讐の彼方に』（菊池寛《きくちかん》）

『奉教人の死』（芥川龍之介）

『山にさらわれたひとの娘』（ウテルダール）
『小さき者へ』（有島武郎）
朗読の仲間と四十年近く付き合って思うことは、みんな、若い頃よりふくらみや温かみが増し、心が美しくなっているということだ。人間として、確実に豊かに育っている。思いやりの心も、細やかになっている。
それらがすべて、朗読のお蔭だと言うつもりはないが、理由の一つぐらいにはなっているのかも知れない。朗読で、いい作品に触れ、何らかのヒントを得、また、生きる意味を見出したり、他人への優しさが生まれたりする、そんなことがあるように思えてならない。ひとりひとりが、若い頃よりずっと素直で、より優しく、人への心遣いに溢れている。私はそれがとても嬉しい。

昭和十九年、私はアナウンサーになり、話し言葉の訓練を受けた。共通語を話せる人は少なかった時代である。そこで、発音、発声、アクセントの訓練のほか、意味を伝達すること、差別語などについて教えられた。私自身の話し言葉は、それが基本になっているので、人前で苦労することは少なかった。
今、学校教育を眺めてみると、教師自身が正しい話し言葉を知らない。たまに、先生方

の子供に対する言葉を聞くと、あまりにも汚い言葉に愕然とする。先生方も、言葉の教育を受けていないのだから、仕方がないのかもしれない。子供たちの悪態のなかに、「死ね！」という言葉があるのを聞いた時、そんな言葉は、私たちの子供時代にはなかったと思った。喧嘩はしてもいい。したほうがいいと言ってもいいのかも知れない。しかし、もっと面白い喧嘩言葉があったはずだ。夏目漱石《なつめそうせき》が、愉快な悪口言葉だけ書いていた。「べらぼうめ」だの、「すっとこどっこい」だのと、聞いただけで笑ってしまうような、おかしな言葉を、私たちは持っている。

谷川俊太郎も、「わるくち」という楽しい詩を書いている。

ぼく　なんだいと　いったら
あいつ　なにがなんだいと　いった
ぼく　このやろと　いったら
あいつ　ばかやろと　いった

ぼく　ぼけなすと　いったら
あいつ　おたんちんと　いった

ぼく　どでどでと　いったら
あいつ　ごびごびと　いった（後半略）

教師は楽しい喧嘩言葉を教えて、子供たちには「死ね」なんて物騒で冷たい言葉は捨ててほしい。

近年、映像文化は美しく華やかで、ＣＧを使った画面のスケールの大きさや動きの変化には、目をみはるばかりだ。子供たちの多くは、その魅力の虜《とりこ》になっている。

しかし、そうしたものを与えると同時に、

「話し言葉としての日本語」「人と人とのコミュニケーション」

「どう表現したら、相手に伝わるのか」「聞くことの大切さ」

「本当の意味を伝える」「表現すること、演じること」

これらを子供たちに学ばせなくてはならない。でないと、人間同士の感情は希薄になり、お互いを判りあう優しさなど、生まれるはずがないのだから。

私は、そうした内容を、演劇教育や美術教育といった形で、楽しみながら教えたらどうだろうと考えた。演劇と美術、両方とも、表現することが大切なのだ。二〇二〇年に東京オリンピックを控えていて、スポーツが花盛りのようだが、運動神経抜群でない子供たち

にも光を当てたい。実は、そう考えるきっかけになったのが、久留島武彦文化賞を受賞した「浜田市世界こども美術館」である。

この浜田市は島根県にあるのだが、ほとんどの方がこの町を知らない。足の便が悪く、羽田から空路で石見《いわみ》空港へ飛んでも、そこからまた陸路を行かなくてはならない。そのような地域にあるのに、入館者百万人を達成、町ぐるみでこの美術館を支え、誇りにしている。もう一つ大事なのは、学校や教育委員会と連携し、採算がとれていることだ。私は、この美術館へ行き、子供たちが目を輝かせて作品を制作しているのを見た。この浜田市世界こども美術館のあり方を参考に、子供のための演劇教育と美術教育のセンターを、地元のさいたま市に作りたい。浦和が教育都市と言えるなら、是非、そうした新しい感覚の教育センターを作ってほしいのだ。

私の生きているうちには実現しそうもないが、表現力豊かな子供たちを育てるため、是非考えてほしいと願っている。

石井桃子《いしいももこ》の手紙

ここに、石井桃子さんから頂いた一枚のはがきがある。私がＮＨＫを定年退職してだい

ぶたった頃、朗読の材料を探していて、石井さんから頂いた本にあったスウェーデンの話を思い出した。「山にさらわれたひとの娘」というもので、下村隆一《しもむらりゆういち》の訳だったことを記憶している。単行本ではなく、石井さんが編纂した本に載っていたものだから、まずその本を探したが、見当たらない。大事にしまってあったはずなのに、どうしても見つからない。それなら、訳者から探せばいいと、下村隆一を探したが、翻訳者名簿に載っていなかった。スウェーデンの作家ということを覚えていたので、大使館に尋ねてみたが、その名前の記録はない。石井さんに尋ねる以外はないと思ったが、石井さんは高齢になっている。そんな面倒なお願いをしてもいいものかと悩んだけれど、ほかに方法はないので、とにかくお願いしてみることにした。それまでの経緯をきちんと書いて、恐る恐る、手紙を書いた。

そうして返ってきたのが、この手紙である。

「おはがきいただきました。お名前は、おはがき拝見すると同時に、すぐ思いだしました。浦和にお住みでいらっしゃるとのこと、不思議なご縁ですね。（著者注・石井さんのご出身は浦和）

下村さんのお訳『山にさらわれたひとの娘』は、私が昔、編纂しましたグロリア（米系出版社）という本屋から出た『西欧文化への招待』という本に入っています。残念ながら

その本は、私も人に貸して、返ってこないままになっていて、いまありません。ちょうどおはがき、いただいたとき、私を訪ねてきていました姪が、そのお話のことをよく覚えていて、もしかしたら、彼女の婚家、松本に、その本が預けてあるかも知れないから、聞き合わせると言ってくれました。ほかの友人にも、聞き合わせてみますから、もう少しお待ちください。私も、あのお話は覚えています。いいお話は、こうして、さまざまな方たちの心に潜んで、地下水のようにつぎの人々に伝えられるということ、嬉しいことですね。朗読の指導をなさっておいでとか。私も、この頃、はやりのストーリー・テリングより、朗読のほうが好きです」

お手紙は、平成十年二月の消印なので、石井さんは、九十歳になっていたはずだ。その石井さんのお返事の、確実で丁寧なこと、目をみはるばかりだった。

間もなく、姪御さんが用意してくださった『山にさらわれたひとの娘』のコピーが、石井さん経由で届いた。

それには、翻訳者の下村隆一が交通事故で亡くなり、遺族とも連絡がとれないこと、この作品が載っている本は予約出版なので、手に入れるのが難しいこと、出版社はグロリアインターナショナルといい、アメリカ資本の百科事典を出す会社で、日本支社があったが

今は不明であることなどが、事細かに書かれていた。

そして最後に、「現在なら、国会図書館、または、東京都の中央図書館で調べたら、本の所在が確かめられるのではないでしょうか。判りましたことだけお知らせいたします。お役にたてばいいのですが」と書いてあった。

私は、お返事があったことだけでも嬉しいのに、こんなにまでしていただけるなんて、と、思わず「わっ！」と、声を上げた。

そして、先にいただいたお手紙のなかの言葉、「いいお話は、こうして、さまざまな方たちの心に潜んで、地下水のようにつぎの人々に伝えられるということ、嬉しいことですね」この言葉が、心に沁みた。石井さんの作家としての思いが、ここに籠っていると思った。

こうして手に入れた「山にさらわれたひとの娘」という物語は、朗読の会で度々取り上げ、みんなの大好きなお話のひとつになった。私はこれからも、この石井さんの思いを心にとどめて、いい作品を伝えていきたいと思っている。

「きれいだね」のひとことが聞きたくて

上野の東京都美術館へ「白日展」を見にいった時のことだ。私は目当ての絵を見つける

と、いろいろな角度で眺めた後、駅への道を急いだ。三月、桜が開花し、上野は花見の人でごった返していた。人の群れをかき分けながら歩いていると、同じ方向に歩いている男性と目が合った。人ごみをかき分けている様子が同じなので、どちらともなく笑顔になった。

「お花見で混んでますね」

「そうですね、まだまだ、人が出るのでしょうね」

「この間は、こんなに混んでいなかったのですけれど」

「やっぱり桜なのでしょう」

そんな、何でもない会話を続けながら、私も、その人も、上野駅を目指して歩いていた。背の高い紳士風の人で、六十後半という年齢に見えた。暫く並んで歩くうちに、その人が言った。

「こんなに混んでいるんじゃ、どこかでお茶でも飲んでいきませんか」

「だけど、どこもいっぱいじゃありません？」

「博物館の裏に、いつも寄る喫茶店があるので、いってみませんか？」

「今日は、混んでいるんじゃないですか？」

そうこうするうちに、博物館のところに来た。

「さあ、どうでしょうか？」のぞいてみると、入り口近くに、向き合って座るテーブルが

一つだけ空いていた。

「ここしか空いていませんが。寄りません？」

固辞するのも失礼な気がして、言われるとおり席についた。改めて向き合ってみると、ラフな上着を着たお洒落な感じの人だった。初めは絵の話をして、白日展で買った絵を見せてくれた。

「あなたは、どんな絵を描いておられるんです？」

「孫や犬などですが」

「犬？　どんな犬なんですか。実は、私のところにも、犬がおりまして……」

そう言って出された写真には、奥さんらしい人と、その前を塞ぐくらいの白い大きな犬がいた。「大きな犬ですね」

「はい。……家内が亡くなって、そのひと月後に、この犬も死んでしまいまして」

私は、しばらく黙ってその写真を眺めていた。私も夫を亡くして五年、同じ悲しみを持つ者としての淋しさがこみ上げ、夫について話すことになった。

Iさんとおっしゃるその方は、仕事でイタリアやスペインにおられたといい、絵についての造詣が深かった。娘は外国暮らし、息子は外国人と結婚して、これも外国暮らしだといって、その方たちの写真も見せてくださった。後は、犬の話に花が咲いた。そして、

「また、いつか会いましょう。また、お誘いしますから、お出かけください」そう言って、駅のなかに消えた。

翌日、Iさんから電話があり、「蟹料理のおいしい店が見つかったので、これから出ていらっしゃいませんか？」と言う。昨日の今日でもあり、すぐ返事をするのもはしたない気がした。その上、朗読グループのお稽古日でもあったことから「折角ですけれど、今日は用事があって」とお断りした。

電話の様子を聞いていたお嫁さんの映里は、悪戯っぽい目をくるくる回して、「あ、お義母《かあ》さん、ナンパされたんだ！」と言う。私も、「ナンパ？　そういえば、そういうのかしら？」と笑った。

Iさんは、それから何度もお電話をくださった。そこで、あんまりお断りするのも失礼だと思い、暫くしてから、上野のレストランまで行くことになった。

待ち合わせ場所の会館に着いてみると、Iさんは、その外壁の前で横顔を見せて立っていた。近づいて声をかけると、振り向きざまに私を見、少し驚いた様子で言った。

「武井さん、とてもきれいですね」と。

私は「あっ！」と思い、その時の自分の姿を思い浮かべた。

……黒のワンピースに、真紅のカーディガン、耳に小さなイヤリング、白い髪、八十を

越えた私が「きれい」と言われた。私は、この方の優しさ、いたわりの気持ちなのだと思った。

食事をしながらIさんは言う。「もうじき、スペインから薔薇《ばら》が百本届くんですよ。一度に買うと安いものですから、まとめて送ってもらって。いつも、それを毎日デッサンするんですけど、うまく描けなくって」

百本の薔薇を相手に、ひとり描いている。私には、その淋しさが痛いほどに判る。……私もそうだった。ひとり、文章を書き、絵を描くことで、涙に耐えてきた。Iさんもきっとそうだ、薔薇に心を癒してもらっているんだと思った。

上野駅近くで別れた。Iさんは私の手をしっかり握って言った。「また、会いたいですね」と。私も、「そう、また会いましょう」と言って……。

でも私は、これで終わりにしようと考えていた。これ以上踏み込まず、きれいな関係でいたいと思ったから。それに「きれいですね」なんて、男の方から言われることは、もうないと思うもの。Iさんの言葉を大切に、心にしまっておこうと思った。

私は、アメリカの作家ピート・ハミルの『ニューヨーク・スケッチブック』にあった作品を思い出した。老監督と老女優の話である。恋の記憶を持つ二人が互いに年老い、レストランで、ふと出会う。だいぶ目も悪くなっている老監督だが、老女優のところへ来て、

優しく頬に触れて言う。「きれいだね、相変らず」

男の優しさのあふれる、心憎い作品だ。ジョーン・クロフォードがモデルと言われているので、一時期のアメリカ映画のスターをイメージしないと、朗読出来ない。

ところが、だいぶたってから、朗読グループの生徒たちが、この作品を読みたいと言ってきた。私は「とてもいい作品だけれど、朗読は難しいかもね」と言いながら、いろいろ注文をつけて読ませた。ところが、みんな、それぞれの思いがあって、いい朗読になっている。

私は彼女たちが、何故この作品を読みたいと言うのか、そのわけが判ったような気がした。みんな、ある年齢になり、その年齢ならではの豊かさを持っている。七十代、八十代、みんな個性的で美しい。だけど、この作品にあるような男性はいないし、こんな雰囲気のある空間もありはしない。それが欲しいのだ。

日本の男性は、優しいけれど、私が出会ったIさんのような人は少ない。相手のことを考えて、優しい言葉をかけてはくれない。みんな、それが欲しいと思っている。心から「きれいだね」と言ってくれたら、どんなに豊かな雰囲気が生まれるだろう。そんな温かい言葉をかけてくれる男性がいたら、女性はもっと美しくなれるのに、外見も中身も……。

この作品を読みたいというみんなの思いは、そこにあるのではなかろうか。私はそう思っている。

あの言葉のまま生きよう

平成二十七年は、ラジオが誕生して九十年。私のところに、NHK報道局社会部の土井《どい》ディレクターが、「戦争中の原稿があったら見せてほしい」と言ってきた。私は、持っていた資料の大半を、NHK放送博物館へ預けてしまったので、目ぼしいものはあまり残っていない。ただ、ひとつだけ彼に見せたいものがあった。それは、前述した、同期アナウンサーの荒牧富美江さんが戦争中に読んだ、中継放送のアナウンス原稿の写しだった。

土井ディレクターにそれを見せると興味を示し、「これを、武井さんが読んでくださるといいな」と言ったのだが、「実は、まだ提案の段階なので、すみません、放送が決まったらご連絡しますので、よろしくお願いします」と帰っていった。

土井ディレクターからは、その後暫く連絡がなかったので、提案が通らなかったのだろうと忘れかけていた。すると、「提案が通ったので、カメラと一緒に伺ってもいいですか？」との電話だ。私は、あの原稿を読めばいいのだろうと簡単に考え、「どうぞ」と返事をして、その日を待った。

当日、あいにく、お嫁さんの映里が留守だったので、朗読グループの高井真理子《たかいまりこ》さんに、

お茶出しぐらいしてもらおうと来てもらい、待っていると、玄関のインターホンが鳴った。ドアを開けると、カメラマンが既に、私にカメラを向けている。「えっ、もう回しているの？」

私は驚いたが、こんな撮り方もあるのだなと思い、とにかく部屋へ入ってもらい、約束の原稿を読んだ。戦争真っ最中の戦意高揚の原稿だ。

「一機でも多く特攻機を！　一時も早く翼を！　翼で仇を討つため、ともに頑張りましょう」

戦争中は、雄叫び調といって声高らかに読んだのだが、この時読んでみて、改めて、恐ろしいと感じた。それが終わった時、土井ディレクターが、「ちょっとお聞きしてもいいですか？」と言う。私は、ちょっとだけならいいと思い、気軽に「どうぞ」と引き受けた。ところが、彼の口から出たのは、全く予期しない大きな問題ばかりだった。

「戦前と戦後と、放送はどう変わりましたか？」

「戦争を経験した方として、メディアはどうあるべきだとお考えですか？」

こんな大きな問題、どうまとめて答えたらいいだろう。私は考えを巡らせながら、ぽつ

りぽつり答えた。同席していた高井さんは、「先生が、どんな質問にもきちんと答えていらっしゃるのに驚きました」と言ってくれたが、私は、答えを探しながら、正直に、懸命に、応対していただけだった。

インタビューが終わると、土井ディレクターは、「ありがとうございました」と、頭を下げた。「えっ、これでいいの？」と聞くと、「はい、結構です」という答えだ。私は番組名を聞いていないことに気づいて、「これは、何の番組なの？」と聞くと、放送記念日特集「激動の時代を越えて」であると聞かされた。

「うわぁ、初めに判っていたら、もう少し上手にまとめたのに。あれでいいの？」と言ったけれど、土井ディレクターは、「これでいい」とばかり、カメラやマイクを片付けにかかっている。万事休す、であった。

放送はどうなるのだろう。私のお喋りは、的を射ていたのだろうか。全く自信のない私は、不安でひりひりしながら、翌平成二十八年三月二十二日の、放送記念日特集「激動の時代を越えて」を見た。放送では、私の言葉が最後の締めに使われていた。

「たいしたことじゃないと思っていることが、どんどん積み重なっていくと、何か違う方向にいくとか、そういう時代を経てきましたよね。

同じことは繰り返す？　繰り返さないと私は思うけど、そんなに人間は知恵がないわけ

じゃないから、信じていますけれど、みんながそう思ってやっていかないと駄目なことって、あるでしょうからね」

放送の後、たくさんの知人から、私の言葉が耳に残ったと手紙を貰った。自然な感じで、深い意味をきちんと表現している的確な言葉だった、などと言われた。

後で考えると、事前に質問を聞いていたら、もっと上手に言えたかも知れないが、あんなに自然には喋れない。土井ディレクターは、「武井さんの、あの言葉があったから、番組が出来た」と、褒めてくださったのだけれど、本当は、彼が仕組んだに違いないと思っている。私は放送を見ながら、別の人間の話を聞くように、あの言葉を聞いた。

私は、あの時言った言葉のまま、生きていかなくては！　九十四歳になった私、もう残り少ない人生だけれど、あの言葉のまま生きよう、そう思っている。

私はここまで書いてきて、私って、どんな人間なんだろう、他人にどう見えているのだろうと考え、長い間の友人で、いつも本当のことを言ってくれる鈴木美代子に聞いてみた。

「私って、どんな人間？」と。

彼女は、文学座の編集部にいたが、結婚後、放送台本や童話などを書き、その後、女優の長岡輝子の本なども手掛けた物書きだ。二年ぐらい前から、さいたま市に住むようにな

り、二週に一度くらい我が家にきて、ビールを飲みかわす。私にとって、かけがえのない友人なのである。

「私って、どんな人間？」

彼女は、少し考えてから答えた。

「うん、既成概念にとらわれない人だね」

「えっ」私は驚いた。そんな風に言ってくれると思っていなかったから。

私は感覚的な人間で、論理的でない。時々、思いつきでものを言う。それが欠点だが、既成概念にとらわれないという方向から考えたら、それが美点なのかも知れない。朗読グループの人たちも、「先生の引き出しは、いくつあるんですか？」などと言って、私の思いつきを楽しんでくれる。それは、私を支える言葉なのだ。それに、九十を過ぎて、既成概念にとらわれないということは、頭が固くないということで、嬉しい気がする。

そう思ったら、暫く描けなかった絵が描きたくなった。急いでカサブランカ・リリーを買ってきてもらい、真っ白な花を、古い柱時計をバックに描くことにした。そんなにいい絵は描けないのだけれど、絵は、描いているだけで、心を温かにしてくれるから。

後書き

昔、ラジオは、電波に乗るとそのまま消える運命で、放送の後は何ひとつ残らなかった。終戦後にテープ録音が出来るまで、ほとんどの番組が残っていない。レコード化する方法はあったが、高価で、ラジオには利用出来なかった。

私は、子供の頃に聞いたラジオが懐かしくて、記憶を辿って心に描き、当時のことを書き記してきた。制作に関わるようになってからは、覚えていることを中心に、その時の状況を調べ、記録を続けた。私が書いておかなかったら、当時の人たちが描いた豊かな音の世界は全く消えてしまう、そう考えて本書を書き綴った。

ところが、その原稿を読んだ編集者は言った。「ラジオのことだけでなく、あなたご自身のことを書いてくださいませんか？」と。驚いている私に、編集者は、「それも、単なるお年寄りの回顧録ではなく、あの時代を生きた女性史のようなものにしたいのです」と言う。

私は困った。だって私は、自分のことを書くほどの人間じゃない。それに、女性史のようなものを書くなんて荷が重すぎる。暫く迷った挙句、私は別の編集者に言われたことを思い出した。「あなたのように感覚的にものを書く人は、作家にも大勢いるわ。そういう人は、どんどん書くべきよ。たくさん書くといいの」彼女は、そう言った。私はそのことを思い出し、とにかく書いてみることにした。私の通ってきた九十年を振り返り、思い出し、まとめてみた。いいことも悪いことも、いい気になっていたことも、そうでないことも、ありのままに……。

すると、私の九十年が見えてきたのだ。大正から昭和、事変から戦争、そんな時代の変化にラジオが関わったこと、民主主義がどのようにしてみんなの心に入っていったのか、終戦直後の働く母親の悩みなど、いろいろ思い返すことが出来た。それは、編集者の考えた女性史の一コマになるに違いない。書き終わって、本当によかった、私の役目を果したと、改めて感じている。

同世代の方は、この本を読んで同感してくださることも多いだろうが、若い方は、こんな時代があったのかと驚かれるだろう。でも、そんな人々の苦労があって今日があることを、思い起こしてくださるように願っている。

おもな引用・参考資料

『シンポジウム　検証　戦後放送』朝日放送戦後50年企画ABC推進委員会編　朝日放送戦後50年企画ABC推進委員会
『日本口演童話史』内山憲尚編　文化書房博文社
『顔　美の巡礼』柿沼和夫、谷川俊太郎　ティビーエス・ブリタニカ
「メー、メー、黒ひつじ」キップリング、平井呈一訳（『世界少年少女文学全集第二部2　イギリス編2』東京創元社）
『メルヘンの語部　久留島武彦の世界』草地勉　西日本新聞社
『ごびらっふの独白』草野心平　ほるぷ出版
『新劇年代記〈戦中編〉』倉林誠一郎　白水社
『北武戊辰　小嶋楓處・永井蠖伸斎傳』小島慶三　小島
『まどさん』阪田寛夫　新潮社
『歌と戦争　みんなが軍歌をうたっていた』櫻本富雄　アテネ書房
『童話の語り発達史』勢家肇編　九州語り部実行委員会
「旧制大学における女子入学に関する一研究――入学資格の分析を中心として――」高橋次義（「国士舘大学文学部人文学会紀要」第20号）

『心をつなぐ糸』武井照子　金の星社
『泣くのはいやだ、笑っちゃおう「ひょうたん島」航海記』武井博　アルテスパブリッシング
『いちねんせい』谷川俊太郎　小学館
『自選　谷川俊太郎詩集』谷川俊太郎　岩波文庫
『田舎教師』田山花袋　新潮文庫
『放送五十年史』日本放送協会編　日本放送出版協会
『昭和二十二年　ラジオ年鑑』日本放送協会編　日本放送出版協会
「ラジオと停電」林芙美子（『女性改造』昭和22年11月号）
『昭和の歴史　別巻　昭和の世相』原田勝正編著　小学館
『ニューヨーク・スケッチブック』ピート・ハミル、高見浩訳　河出書房新社
『THE ANIMALS「どうぶつたち」』まど・みちお、美智子選・訳　すえもりブックス
『宮沢賢治詩集』宮沢賢治、谷川徹三編　岩波文庫
「世間に面した窓」村岡花子（『日本放送史　上巻』日本放送協会放送史編修室編　日本放送出版協会）
『幼稚園教育百年史』文部省　ひかりのくに

本書は書き下ろしです。
装丁・写真デザイン　三村　漢（niwa no niwa）
写真提供　著者
JASRAC 出 1913295-002

武井照子　たけい・てるこ
一九二五年埼玉県生まれ。

NHKラジオアナウンサーとして終戦を迎える。

戦後はGHQの統治下で「婦人の時間」を担当。

村岡花子や林芙美子ら数多くの著名人と出会う。

ディレクターに転身後、まど・みちおや谷川俊太郎らと幼児番組の制作に携わる。現在、地元の朗読グループで読み聞かせを行っている。

あの日《ひ》を刻《きざ》むマイク
ラジオと歩《あゆ》んだ九《きゅう》十年《じゅうねん》

二〇二〇年一月一〇日　第一刷発行
二〇二〇年七月三〇日　第二刷発行

著者　武井照子《たけいてるこ》
発行者　徳永　真
発行所　株式会社集英社
〒一〇一－八〇五〇
東京都千代田区一ツ橋二－五－一〇
電話　〇三－三二三〇－六一〇〇（編集部）
〇三－三二三〇－六〇八〇（読者係）
〇三－三二三〇－六三九三（販売部）書店専用
印刷所　大日本印刷株式会社
製本所　株式会社ブックアート
定価はカバーに表示してあります。

ISBN978-4-08-775448-3 C0095

あの日を刻むマイク

ジオと歩んだ九十年

武井照子
Takei Teruko

集英社